외설

임꺽정

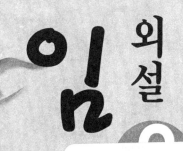

원초적 감성을 자극하는
질펀한 이야기 한마당

지성문화사

머리말

　조선을 창건한 이성계는 정권찬탈이라는 불명예스러운 오명을 씻기 위해 과감한 제도 개혁과 피비린내나는 숙정을 통해 대의 명분 찾기에 몰두했다.

　고려와 차별화된 정치의 표방은 세분화 된 신분 제도를 낳게 되었고, 엄격한 신분의 구분은 계층간의 갈등을 심화시켜 결국은 민초들의 항쟁을 불러일으켰다.

　어느 시대를 막론하고 영웅은 난세에 출현하기 마련이다. 백정의 아들로 태어난 임꺽정도 어지러운 시대 상황이 배출한 불세출의 영웅이었다.

　당시의 시대 상황은 몇 년째 계속된 흉년으로 인해 토관들의 착취와 횡포가 극에 달해 있었다. 자연 민심은 흉흉하였고, 전국 각지에서는 화적의 무리들이 불길처럼 일어났다. 그들은 삼삼오오 떼를 지어 몰려 다니며 강탈과 방화를 일삼았다.

　이 소설은 부패한 탐관오리들과 맞서 싸우는 청석골 화적들의 이면에 숨어 있는 주색에 얽힌 얘기들을 그들의 활약상과 더불어 담담하게 그려내었으므로 독자들에게 새로운 재미를 더해 줄 것이다.

저자 씀

차 례

제1부 이룡

불알 친구 부부

　　전라감사 이학(李鶴)이 순천 영암 등지에서 일어났던 난을 무사히 평정하자 나라에서는 그에게 조정으로 전임케 하는 커다란 특지가 내렸다.

　　그것은 그의 공로에 대한 임금의 특별한 배려에서 비롯되었지만 또 하나의 이유는 당시 팔도에 들끓는 도적들을 정벌하고 북쪽 국경의 여러 고을에 잦은 오랑캐의 침입을 막기 위해서였다.

　　임금은 이학과 같은 문신이면서 무장을 겸한 탁월한 전략가를 일약 병조 판서로 임명하였던 것이다.

　　그리하여 그 수하에서 크게 공을 세운 이봉학도 함께 한양으로 따라 올라가게 되었다.

　　이학이 한양에 부임한 뒤 한 달이 채 되지 못하였던

어느 날이었다. 해가 뉘엿뉘엿 서산으로 저물어가던 저녁 무렵에 남루한 차림의 사나이 한 사람이 거의 다 해진 도포자락에 찌그러진 헌 갓을 쓰고 병조 판서 이학의 숫을 대문 안마당으로 들어섰다.

"이리 오너라."

그는 제법 우렁찬 음성으로 하인을 불렀다. 하지만 안마당에서 아무런 기척 소리가 들리지 않자 그는 다시 소리를 가다듬으면서 또 한번 크게 외쳤다.

그 때서야 병판댁 청지기가 밖으로 나와 그 해진 옷과 부서진 갓의 사내를 안으로 맞이했다.

"병판 대감 계신가?"

"잠시 사랑에서 기다리십시오."

청지기가 안으로 들어가더니 얼마 후에 병조 판서 이학이 사랑으로 나왔다.

"누구시오?"

"나를 몰라 보겠는가? 나 봉(鳳)일세."

이학은 놀라움과 반가움에 겨워 그 사내에게 달려들어 끌어안았다. 두 사람은 잠시 말이 없다가 한참만에야 이학이 입을 열었다.

"대체 이게 얼마만인가."

"한 사십 년이 되나 보네."

"사십 년이라……"

"강산이 변한다는 십 년을 네 번이나 보냈단 말일세."

"허허허…… 아직도 그 때 모습이 조금은 남아 있군. 그래."

"……"

"글쎄, 자네야 무슨 고생을 했겠나."

"많이 변하지는 않았어……"

"자네도 옛모습이 남아 있기는 하네."

"오래 살다 보면 별일을 다 겪는다더니만 그렇지도 않은가 보네. 이렇게 오래 살아서 반가운 사람을 만나게 되니 말일세."

"우리 이렇게 서 있지 말고 의관이나 벗고 자리에 앉아 이야기나 실컷 하세. 게 누구 없느냐? 여기 술상 좀 보아 오너라."

이학이 청지기에게 분부하고 나서 그 사내에게 다시 말을 계속했다.

"우리 오늘은 실컷 술이나 마시며 그 동안의 회포나 맘껏 풀어보세."

비록 어릴 때 한 서당에서 십 년 가까이 동문 수학을 하였다지만 현재의 엄청난 지위의 차이 때문인지 사내는 마음이 편치 않음을 느꼈다. 사내는 사실 한낱 백면서생에 남루한 옷차림이지 않은가.

상대는 일국의 병마권을 좌지우지하고 있는 대단한 지위와 권력을 갖고 있는 병조 판서였으므로 그 불편함은 더욱 크게 느껴질 수밖에 없었다.

아무리 어려서는 허물없는 사이였다지만 지금은 하늘과 땅의 현격한 차이를 어찌할 수가 없었다.

이학은 방안의 분위기가 무거움을 깨달았다.

"여보게 아무 거리낌없이 탁 터놓고 놀아 보자니까.

그래, 무슨 생각을 그렇게 하고 있나?"

이학의 부드러운 말 소리는 이미 그의 타고난 성품과 높은 수양에서 우러나오는 것이었다.

옛친구의 불편한 심기를 눈치채고 편안하게 마주하려는 배려에서였다. 최봉(催鳳)은 이에 다소 용기를 얻는 듯했다.

"그럼 대감 편히 앉겠네."

"우리 그 대감 소리는 빼고 할 수 없나."

"그래도 대감은 대감인 것을 어찌 하겠는가."

방안이 어두워 오자 휘황한 대황초가 쌍으로 켜졌다. 보통 서민의 집에서는 볼 수 없는 밝고 큰 초였다.

이 때 밖에서 큰 자개 소반 위에 산해진미가 차려져 방안으로 들어왔다.

"자, 이리로 다가앉게. 반평생에 처음 같이 하는 술일세그려."

이학은 최봉에게 술을 권했다.

"대감……"

"하찮은 대감 소리 그만 하래도."

"자꾸만 입안에서 흘러나오는 것을 어찌 하는가."

"이제부터는 다시 대감 소리만은 말게."

최봉은 한두 잔 술이 들어가면서 겨우 그 서먹서먹한 중압감에서 벗어나는 듯했다.

"여보게……"

두 사람은 이미 육십이 넘은 사이였다. 귀밑에 흰 수염이 나부끼는 이들 두 사람은 불그레 취해 오는 술기운 속에서 옛날을 회상했다.

　학과 봉은 마을의 서당에 다녔다. 학이 봉보다 한 살
아래였지만 두 사람은 마치 친형제같이 또는 무슨 다정
한 부부같이 우애가 깊었다.
　서당에서의 학업은 학보다 봉이 더 우수하였다. 봉은
실로 말할 수 없는 재주꾼이었다.
　봉은 하나를 가르쳐 주면 열을 아는 놀라운 재주가 있
었는데 하루에도 이삼백 행의 글을 외울 정도였다. 그러
니 어찌 놀라운 재주가 아니겠는가.
　훈장과 접장들까지 모두 봉의 재주에는 경탄치 아니할
수 없었다. 그러나 학도 남에게 지는 재주는 아니었다.
　두 소년은 모두 수려한 용모에 재주까지 뛰어났으니
두 사람이 함께 다닐 때면 온 마을이 다 환해지는 듯했
다.
　그들은 늘 함께 다녔다. 그들은 하루라도 만나지 않으
면 살 수가 없다는 듯이. 그것은 마치 부부와 같으면서
부부가 아니고, 부부가 아니면서 부부와 같은 야릇하고
이상한 사이가 되고 말았다.
　그들이 열여섯 살쯤 되던 해 어느 따스한 봄날이었다.
두 사람은 진달래가 온 산에 불이 난 것처럼 흐드러지게
핀 산 위에 올라갔다.
　나이가 한 살 위인 봉이 말했다.
　"애, 저 나비와 벌들이 왜 날아다니는지 아니?"
　"모르겠는걸."

"아주 이치가 깊고 오묘하단다."

"그게 무슨 뜻이야?"

"말로는 잘 설명할 수 없어."

"그림으로는 안 되나."

"실제로 한번 보여줄까?"

"어디 그럼……"

학은 군침을 삼키며 봉이 하는 모양을 쥐죽은 듯 바라보았다.

"어째서 나비가 꽃을 찾고 벌도 꽃을 찾고 하는고 하니…… 너 잠시 눈을 감고 있거라. 내 그 이유를 가르쳐 줄게."

학은 영문도 모르고 눈을 지그시 감았다.

이 때 '철걱철걱' 하는 소리가 학의 귀에 들려 왔다.

"그만 눈을 뜰까?"

"안 돼. 조금만 더 있다가."

이 때 다시 '철걱철걱' 하는 소리가 들려 왔다. 봉이 무슨 장난을 하는 모양이었다.

"그만 뜰까?"

"조금만 더."

"이제 갑갑하다."

"야, 눈 떠라."

"아니! 그게 뭐냐?"

봉은 손바닥 위에 마치 허연 풀 같기도 하고 또 코와 같기도 한 것을 한 웅큼 들고 있었다.

"이것 때문에 나비란 놈도 벌이란 놈도 모두 꽃을 찾

아다니는 거다.”

“도대체 그게 뭐냐? 꼭 진한 풀 같기도 하고 코 같기
도 하구나.”

그 때 봉은 약간 얼굴이 붉어지는 것이었다. 봉은 학
의 물음에 머슥해졌다.

“뭐냐, 그게?”

“이게 말이야…… 다른 게 아니라……”

“……”

“너는 아직 모르지?”

“뭔지 말해 봐.”

봉은 학에게 그것이 나오게 되는 경위를 말해 주었다.

그날 늦게 학도 말할 수 없는 쾌미를 맛본 다음 봉과
함께 진달래가 붉게 물든 산을 내려왔다. 그 다음부터
이 두 소년은 더욱 부부와 같은 정다움을 잃지 않았다.

그들은 비로소 성을 발견하였던 것이다.

꽃도 거의 다 지고 푸른 녹음이 대지에 퍼져갈 때 어
느 날 봉과 학은 그 때 갔던 산으로 함께 올라갔다.

그들은 손을 잡고 산마루로 올랐다. 산은 첩첩하고 되
뿌리는 우아하고 골짜기는 은은하였다.

깊은 숲 속에서 황금 꾀꼬리가 오월을 울고 있었다.
오월은 참으로 좋은 시절이었다. 숲 속 으슥한 곳에서
그들은 가랑잎을 깔고 앉았다.

“애, 우리 말이야.”

“그래.”

“우리 말이야.”

"그래."

"우리 글쎄,……"

"그래 무얼 말이냐?"

학은 봉의 눈자위가 자꾸만 뒤틀리며 숨이 가빠지는 것을 느꼈다. 그리고는 마치 여자를 대하듯이 학의 볼에 자기 볼을 가져다 비볐다.

봉은 급기야 학의 입을 맞추었다. 학도 그렇게 하는 것이 싫지 않았다. 봉은 와락 학을 안고 가랑잎 위에 쓰러지는 것이었다. 봉의 호흡 소리가 급한 여울에 흐르는 물 소리보다 더 사나워졌다.

봉은 학의 바지 고의춤을 벗겼다. 그 때 거칠어질 대로 거칠어진 봉의 숨소리가 한층 더 격해지면서 학을 그 품에 안았다.

학도 알 수 없는 희열에 자신도 그 속에 잠기는 것을 느꼈다. 황금 꾀꼬리도 새싹이 움트기 시작한 자작나무 가지 위에 날아올라 울기 시작했다.

"학아, 내가 하는 대로 너도 해봐."

"……"

학은 좀 부끄러운 듯 말이 없었다. 봉은 학이 대답이 없자 자꾸 재촉하였다. 그제서야 학도 한번 그렇게 해보고 싶은 생각이 마음 한구석에서 일어나는 것을 느꼈다.

"나도 그래 볼까?"

"아무 일 없다니까."

봉은 이번엔 스스로 학의 품 속에 파묻히는 것이었다. 학은 으스러질 듯 봉을 끌어안았다.

나른한 **봄바람**이 맑은 계곡을 스쳐 지나갔다. 학은 봉이 하던 몸짓 그대로 봉을 안고 입을 맞추었다.

　남자의 몸에 부딪치는 이상한 촉감이 학을 격렬한 숨가쁨으로 몰고 갔다. 더욱 가빠질 때 봉이 말했다.

　"어때?"

　"말할 수 없다."

　두 사람은 이제 각자의 몸을 어린아이처럼 매달려서는 환희의 절정으로 치달았다.

　이윽고 학은 봉의 뒤쪽에서 자신의 남성을 봉의 엉덩이 사이에 밀어 넣었다. 둘은 말할 수 없는 쾌락에 몸을 떨면서 시간이 멈춰버린 듯한 정적 속으로 빠져 들어갔다.

　긴 침묵이 흐른 뒤 붙어 있던 두 사람의 육체가 떨어지면서 학이 먼저 입을 열었다.

　"우리 사흘마다 이 곳에 오자."

　"누가 마다할까 봐."

　봉도 기다렸다는 듯이 대꾸했다.

　깊은 산골짜기에 무슨 메아리 같은 것이 울려 왔다. 두 소년의 얼굴은 더욱 홍조가 되었다.

　봄꽃이 지고 가을 달을 우러르면서도 두 소년은 가끔 그 봉우리 아래 깊은 산골짜기를 찾았다.

　몇 차례의 가을이 지나고 낙엽이 우수수 지던 날 봉이 학을 보고 말하였다.

　"우리 집은 평안도로 이사 간단다."

　"으응?"

"이사를 가……"

"정말이냐?"

"으응."

"왜 가니?"

"한양서 살 수 없어 간대."

"우리 집에서 함께 살자꾸나."

"그럴 수도 없어."

봉은 눈물이 글썽글썽하였다. 학도 따라 눈물을 흘렸다.

"정말 가니?"

"그럼……"

그 날 두 사람은 항상 가던 그 푸른 산 깊은 계곡을 찾아갔다. 그들은 그 날 마지막으로 서로의 몸을 안았다. 그리고 전처럼 쾌락에 취하여 몸을 떨었다.

그 날 이후 두 사람은 영영 헤어지고 말았다. 학은 문벌 좋은 가문으로 과거에 급제하여 승승장구 오늘의 위치에 이르렀고, 봉은 봉대로 그의 타고 난 재주를 가지고도 문벌 없고 세력 없었던 탓으로 오늘의 영락을 지켜왔던 것이다.

그 동안 이학은 등과하고 장가도 들었다. 그러나 학은 여인을 여인으로 대할 수가 없었다. 어린 시절 봉에게 하던 대로 대할 수밖에 없었다. 그리하여 신혼의 첫날밤에도 봉과 상대하던 대로 하였던 것이다.

그러나 학도 여자는 뒤로 상관하는 것이 아니라는 것을 알게 되었으니 그것은 다름 아닌 전주 기생 나희를 알고 난 뒤부터였다.

그날 밤 나희가 수청을 들기 위해 방으로 들자 학은 나희의 뒤쪽부터 더듬는 것이었다.

"호호호…… 대감도 이상하셔라. 이것은 어디서 배운 방법인가요?"

"어디서 배운 방법은 어디서 배운 방법이야."

"그럼……"

"이렇게 하는 거니까 이렇게 하지."

"호호호……"

"이년아, 웃기는 왜 웃느냐?"

"호호호호."

"이년 봐라, 버릇 없이……"

"대감이야말로 만고에 이런 버릇은 없는 버릇이옵니다. 앞으로 하셔야지, 뒤로 하는 법이 어디 있사옵니까?"

"그게 정말이냐?"

"누구 안전이라고 거짓말하겠습니까?"

"그럼 어디 한번……"

그날 밤 이후로 비로소 이학은 남녀 관계에 있어서 뒤로 하지 않고 앞으로 관계하는 것이 정상이라는 것을 알았다.

"앞으로 하는 것이 정상적이긴 하구먼……"

"대감."

"왜 그러느냐?"

"한양 부인과는 어찌 하셨습니까?"

"뒤로 했지."

"호호호, 대감 이번에 한양 가시면 부인과 관계하실 때에는 이렇게 앞으로 하시는 방법을 아시겠지요."

"……"

이학은 인간이 정상적으로 행위하는 것이 얼마나 큰 절정을 맛볼 수 있는지 그제서야 비로소 알게 되었다. 때늦은 감이 없지 않았으나 그로서는 처음으로 맛보는 절정이었기 때문이었다.

병조 판서로 전보 영전되어 한양으로 올 적에도 나희는 뭐라고 했던가.

"대감 이제 가시면 좋겠사와요."

"그건 왜?"

"가시면 정경 마님께서 좋아하실 테니 말이에요."

"요년!"

"호호호."

사실 아닌 게 아니라 그 후 한양으로 전보된 후에 부인과 잠자리를 하자 부인은 사뭇 놀라워했다.

"어디 가서 아주 상것들이 하는 짓을 배워 왔구료."

"상것들이 하는 짓이라니?"

"이런 방법은 천한 계집들과 하시는 법이지, 정경 부인과도 이러는 줄 아세요? 외임하고 돌아다니시더니만 못된 기생년들에게서 못된 짓만 배워 왔구려."

"임자도 한번 이렇게 해봐야 진미를 알게 되느니……"

"무엇이 진미란 말인가요?"

"글쎄, 가만히 있어 보래두."

이리하여 부인은 곧 수태하게 되었는데 늘그막에 드디

어 아들을 보게 되었다.

　이러한 연유는 모두 최봉과의 소년 시절에의 유별난 행위 때문이었으니 그것은 실로 두 사람에게 있어서는 기구한 운명이 아닐 수 없었다.

　이학은 곰곰히 지나간 반생의 거의 태반을 차지하였던 봉과의 이상한 그리고 또 아름답기도 한 추억을 더듬으며 봉에게 술잔을 권하였다.

　"어서 들게. 우리 아주 옛날로 돌아가서 마시세."

　"좋지."

　"그 때는 자네야 말로 재주 투성이더니?"

　"재주가 무슨 소용 있나."

　"세상이 이 놈의 문벌 때문에……"

　"하하하."

　봉은 술기운이 몸에 퍼지니까 그제서야 겨우 유쾌하게 웃는 것이었다. 그러나 그 유쾌한 웃음 가운데도 어딘지 모르게 역력히 나타나는 한 가닥 괴로움과 그 괴로움 속을 흐르는 허무한 빛을 감출 수가 없었다.

　학은 봉의 그 동안 지나온 경력이 몹시 궁금하였다.

　"그래, 그 후 어떻게 지냈나?"

　"보는 바와 같네. 미루어 짐작할 만하지 않나."

　"이 사람, 그래도 어디 얘기나 좀 듣자구."

　"영락에서 영락을 거듭하고 있었지."

　"어디 사나?"

　"평안도에 사네. 아주 산골일세."

"생업은 무엇인가?"

"생업?"

"무얼로 살아가느냐는 말일세."

"허…… 그저 그럭저럭 살지. 좀 천천히 얘기함세."

둘은 서로 잔을 권하면서 밤이 이슥하도록 술을 마셨다. 병조 판서 집의 청지기를 비롯해서 하인에 이르기까지 이 낯선 나그네를 이상하게 여기지 않을 수 없었다.

그날 밤 두 사람은 한 이부자리 속에서 오랜만에 옛날의 서당방 시절과 다름없는 하룻밤을 보내게 되었다.

"여보게, 자네에게 청이 하나 있네."

"무슨 청인가."

"우선 들어주겠나?"

"들어줄 만한 일이면 들어주고말고."

"꼭 들어주겠는가? 자네가 힘만 쓴다면 반드시 들어줄 수 있는 일일세."

"어디 말해 보게."

"내 나이 육십이 가까운데 이제 말년을 또다시 그 무서운 고생살이로 살 수는 없어서……"

"물론이지."

"그래서…… 말이 잘 나오질 않네그려."

"이 사람아, 우리가 어제 오늘의 친군가? 한 옛날 부부 모양으로 지내던 때를 생각해 보게. 뭐가 거북할 것이 있나?"

"그럼 얘기하겠네."

봉은 이불 속에서 한번 긴 한숨을 쉬더니 서서히 입을

열었다.

"자네가 알다시피 나는 꽤 재주가 있었지. 그만한 재주면 그럭저럭 무엇을 해도 지낼 수 있을 것만 같았지. 그러나 세상이 어디 그런가. 날이 가면 갈수록 나는 몰락에 몰락의 비운을 맛볼 수 밖에 없었네."

학도 길게 한숨을 내쉬었다. 밖은 얼마나 시간이 흘렀는지 어느덧 첫닭 우는 소리가 들려 왔다.

"그래, 생각다 못해서 자네를 찾아왔지."

"그럼 찾아와야 하고말고."

"평안 감영에서 안주 병영으로 갈 군량미 오백 석이 있지 않은가? 그것을 잠시 나에게 몇 달 동안만 돌려주게."

"……"

"내 그것을 가지고 두어 번 잘 굴려 한 밑천 잡은 후 원미는 갚아줄 테니."

"그거야 어렵지 않은 이야기일세."

"정말인가."

"이 사람아, 일국의 병마권을 도맡아 쥐고 있는 날세 그려."

"고마우이, 실로 고마우이."

"그런 말 말게. 그 얘기뿐인가."

"응."

"그러면 내가 병판의 이름으로 평양 감사에게 서찰을 한장 써 주지. 너무 염려 말게."

"고마우이."

"이제 그만 잘까?"

"그래, 너무 늦었네."

그들은 사십 년이 흐른 후에 다시 만나서 옛날의 우정을 다시 되돌이킬 수가 없어서 서로 마음으로 반가워했다.

"그 옛날 서당방 생각이 간절하이."

"하하하."

"하하하."

두 사람은 유쾌하게 웃으면서 잠이 들었다.

모반의 말로

신임 병조 판서 이학은 실로 다정하고도 자상하여 부하의 어려움을 잘 돌보아주기로 이름난 사람이었다.

그가 옛날의 서당 친구를 만나서 그에게 베푼 우정은 비단 안주 병영으로 갈 군량미 오백 석 대여뿐만이 아니었다.

최봉이 돌아가는 길에 그에게 베푼 물질적 혜택만으로도 최봉은 능히 그 여생을 충분히 즐길 만한 정도였기 때문이었다.

'이 시대가 사람을 저렇게 만들다니. 아까운 인물을 두메 산골에 썩히고…… 허나 할 수 없는 노릇이지.'

그는 당시의 나라 제도에 대하여 어찌할 수 없음을 개탄했지만 옛날의 친구를 가능한 범위 안에서 도와 주었다. 그러나 그것이 그에게는 하나의 화단이 될 줄은 그로서는 미처 알지 못하였다.

봉이 돌아간 지 두 달이 지난 어느 날 비변사에는 급한 보발이 들어왔다. 영변 부사 황오가 군사를 거느리고 모반하였다는 것이었다.

황오는 원래 평안도 사람이었다. 당시 조선은 서북 사람은 등용하지 않는다는 원칙을 갖고 있었는데 이러한 사실에 강한 불만을 품고 있던 이가 바로 황오였다.

하지만 황오는 영변 부사가 되면서 딴 마음을 먹기 시작하였다. 그는 힘이 장사인데다가 어느 날인가부터 어깻죽지와 옆구리에 이상한 날개가 돋는 것을 느끼게 되었다.

그 날개는 날이 갈수록 커지기만 했다.

'이만 하면 내가 왕위에 오를 징조가 아닐까?'

그는 스스로 어줍잖은 망상과 번뇌에 사로잡혔다. 그가 매일 생각하는 것은 조정의 전복이었다.

'서북의 날랜 장정을 거느리고 한번 비바람 몰 듯 임진강만 건너면 천하는 내 것이거니…… 임금의 씨가 따로 있다더냐. 한번 해볼 만한 일이거니. 은밀히 우선 내 편 될 만한 인물을 구하자.'

그가 이런 계획을 세우고 있을 동안 어느날 이상한 꿈을 하나 꾸게 되었는데 그 꿈은 하늘로부터 한 선관이 내려와 그에게 곤룡포와 익선관을 하사하는 꿈이었다.

그 선관이 황오에게 말하였다.

"그대는 어찌하여 어름어름하고 있는가? 때는 그대를 따라서 움직이고 있느니. 그대는 속히 일을 서두르라."

말을 마치자 선관은 온데간데 없고, 황오는 꿈에서 깨어나 있었다. 그의 온몸엔 땀이 주르르 흐르고 있었다.

그는 옆구리에서 돋아나는 날갯죽지를 스스로 만져보지 않을 수 없었다.

'어허 신기한 몽조로고…… 원, 날개가 이렇게 매일 자랄 수가 있나.'

황오는 그렇게 중얼거리면서 은밀한 가운데 군량미를 모으고 병사들을 훈련시키기 시작하였다.

그로부터 얼마 후 드디어 황오가 모반을 일으켰다는 보발이 비변사에 도착하였다.

"영변 부사 황오가 모반했다."

"그뿐인가. 최봉이란 자가 평안 감영에서 안주 병영으로 가는 군량미 오백 석을 반란군에게 제공했다는군 그래. 그 군량미를 신임 병조 판서가 최봉에게 꾸어 주었다는 거야."

"저런 만고에 어처구니없는 일이……"

"나라가 망하려니까 별일이 다 일어나는군 그래."

조정에서는 임금이 직접 비변사에 중신들을 모으고 회의를 주재하고 있었다.

"이 일을 어찌 하면 좋단 말이오? 장차 어떻게 하면 이 일을 무사히 진압할 수 있을 것 같소?"

이 때 영의정 윤원형이 어전에 부복하여 아뢰었다.

"삼가 소신 윤원형 아뢰오. 북쪽에서 일어난 반란군은

예로부터 진압하기가 어려웠다고 하옵니다. 그러하니 병조 판서 이학은 전라도의 반란을 능히 진압한 바 있사오니, 그로 하여금 우선 평안 감사에 서북면 도순부사로 임명하여 대군을 거느리고 북으로 향하게 하면 능히 적을 토벌할 것으로 아뢰오."

"경들의 의견은 어떠시오?"

"영상의 말씀이 옳은가 하옵니다."

그리하여 병조 판서 이학은 평안 감사와 서북면 도순부사라는 직책을 제수받고 반란군을 토벌하기 위해 대군을 이끌고 평양으로 향하였다.

반란군 수령 황오는 본시 색을 좋아하였다. 그는 호색한은 아니었지만 날로 그의 기고만장함이 더해지자 여자를 가까이하게 되었던 것이다.

그는 단숨에 천여 명 군사를 이끌고 영변에서 떠나 성천으로 향하였는데 반란군의 사기는 하늘을 능히 찌르고도 남음이 있었다.

날개 돋힌 장사가 장군이 된다느니, 곧 황씨 조선이 나온다느니 하는 소리들이 바로 그것들이었다.

반란군은 마치 질풍과 같았다. 그러나 황오는 성천을 점령하자 한 계집에게 홀리고 말았으니 성천 부사 이호의 애첩 향아가 바로 그였다.

향아는 과연 황오를 성천에 머무르게 할 만한 미인이었다. 뿐만 아니라 한번 머리를 돌려 웃으면 일백 가지 아름다움이 발생하는 그러한 미희였다.

아무리 아비규환의 창검이 부딪치는 중이라도 영웅은

아름다운 계집을 그냥 둘 수는 없는 것이라고 생각하여 향아를 불러들여 수청케 하였다.

하룻밤을 향아에 빠진 황오는 반란이란 바로 이런 계집을 끼고 누워 있는 것이란 생각을 하게 되었다. 그리하여 당분간 군사는 성천을 고수하고 있기로 하였다.

향아의 육체는 날이 갈수록 그 보드라움을 더해 갔다. 황오는 연일 주색에 빠져 군사들로부터 차츰 군심이 떠나고 있다는 사실을 알지 못하였다.

더군다나 황오 자신이 애초에 마음먹었던 왕위 등극의 꿈도 차츰 잊어버리고 있었던 것이다.

오천 병마를 이끌고 평양 성중으로 치달려 들어오는 이학의 군세는 하늘을 찌를 듯했다. 성 안에는 이미 전임 감사 김수동이 관직을 박탈당한 채 금부 도사에게 포박되어 한양으로 이송되어 옥에 갇히었고, 영변의 모반으로 민심은 극도로 흉흉하였다.

이러한 지경에 오천의 군사가 입성을 하니 남녀노소가 모두 그들을 반겼다.

전임 감사 김수동은 말할 수 없는 탐닉한 위인이었다. 그는 평안 감사를 하는 동안 삼대가 먹을 만한 재물을 장만하였을 뿐만 아니라, 그 재물을 장만하는 방법 또한 수단과 방법을 가리지 않는 비열함이었다.

그는 백성들을 갖은 협박과 폭정으로 재물을 마구 거둬들였던 것인데 그러한 일에 앞장을 섰던 위인은 그와 먼 친척이 되는 이방 비장 김수인이라는 자였다.

그러므로 당시의 평안도 백성치고 김수동 감사와 김수

인 이방을 욕하지 않는 사람이 없었다.

백성들은 그놈들에게 천벌이 내리기를 소망하였지만 하느님은 악한에 대하여는 어두우시고 선에 대하여는 밝으신 모양으로 조금도 징벌하지 않았다. 그러므로 그는 더욱더 많은 재물을 노략질하였고 백성들의 원성은 하늘에 닿을 듯하였다.

새로 부임한 감사 이학은 곧 영변과 성천으로 보발군사를 띄우고 감영의 일을 시작하자마자 병방 비장 이봉학을 불러 명령을 내렸다.

"너에게 군사 천 명을 줄 테니 곧 성천으로 쳐들어가서 모반을 일으킨 황오의 무리를 토벌하여 공을 세우고 돌아오라. 특히 거기 가담한 최봉이란 자를 조심하도록 하여라. 용(龍)은 능히 봉(鳳)보다 승하니 네 이름을 용(龍)으로 고친다. 오늘부터 이룡(李龍)으로 부르겠다."

이리하여 땅딸보 이봉학은 활 잘 쏘는 덕분에 영암 순천 싸움 이후 이학에게 선발되어 병방 비장의 높은 직책을 맡았을 뿐만 아니라 천여 명 군사를 이끌고 황오와 최봉의 무리를 토벌하러 떠났다.

이룡이 군사를 이끌고 길을 떠나려 하는데 감사가 좋은 활과 화살 한 벌을 하사하며 격려하며 말했다.

"이 활로 부디 적장을 쏘아 맞추라."

높은 산악을 가로질러 성천으로 향하는데 때마침 늦은 가을이라 기러기 두 마리가 서북으로 날고 있었다. 천여 명 군사들도 그 기러기를 우러러보고 있었다.

이 때 말을 타고 선두에 서서 가던 이룡이 활을 겨냥

하였다. 군사들의 시선이 일제히 그리로 쏠렸다.

용은 활을 잡아당겼다. 활을 떠난 화살은 공중으로 힘차게 날아올랐다. 바로 그 순간이었다.

공중에서 처량한 비명 소리가 나며 기러기 한 마리가 땅을 향하여 수직으로 떨어졌다. 그러나 그 순간 한 마리를 떨군 화살은 다시 날아가서 옆에 날던 다른 한 마리를 마저 명중시켰다.

이것을 바라 본 군사들은 크게 입을 벌리며 탄성을 내지르고는,

"우리 장군은 천하의 명궁이다."

"우리 장군 옆에만 있으면 싸움은 백전백승이다."

모두 칭송을 하는 것이었다.

사실 이룡은 날로 떨어지는 사기를 다시 높여 올리려던 참이었는데 이러한 뜻하지 않은 시도가 적중한 셈이 되고 말았다. 모든 병사들은 하늘을 찌를 듯한 심정이었다.

이룡은 행군하는 도중에 맞아 떨어진 기러기 한 쌍을 돌려가면서 구경을 시켰다. 병사들은 입을 모아 이룡의 화살 솜씨에 혀를 내둘렀다.

"야, 귀신 같은 화살이다."

"우리 대장 화살은 아마 동서고금에 없을걸."

"물론이지."

"어떻게 그런 조그만 체격에 그런 재주가 깃들어 있을까?"

"그러게 말야, 참."

병사들은 모두 그만한 장군 밑에서 한번 큰 싸움을 해 봐도 좋을 것이라고 떠들며 적진을 향하여 행군해 나아 갔다.

드디어 성천읍을 눈앞에 두고 반란군과 관군이 대치하 게 되었다.

반란군의 우두머리인 황오는 미색에 빠져 있었지만 몇 몇 부하들은 필사적이었다.

반란군은 성문을 굳게 닫고 움쩍도 하지 않는 것이었 다. 사람의 흔적이 끊긴 것 같은 고요한 성벽 위에는 사 람의 그림자 하나 얼씬 거리지 않았다.

이룡은 성을 바라보며 무료히 수삼 일을 그냥 기다리 지 않을 수 없었다. 그는 그러면서도 적장 적병들을 잡 을 궁리를 치밀하게 세우고 있었던 것이다.

하룻밤을 더 보내고 난 이룡은 자신의 화살에 한 장의 서한을 동여매어 적진 속으로 날려 보냈다.

적장 황오는 미색에 빠진 채 성문을 굳게 닫고 요지부 동이었지만 이미 군심은 그에게서 멀어진지 오래였다.

적병 한 사람이 날아온 화살을 발견하고는 주워 보았 다. 거기에는 편지 한 장이 매어 있었다.

'너희들 가운데 적장 황오의 목을 베어오는 자는 천금 을 내리겠으며 모든 죄를 또한 사해 주겠다. 시각을 빨 리하여 오는 자는 더 큰 상을 베풀리라.

관군대장 이룡'

이 편지를 주워 본 적병이 그의 친구를 불러 의논하였

다.

"여보게, 우리에게 살 길이 생겼네."

"무슨 좋은 수가 생겼나? 관군은 매일 늘어만 가고 우리 편은 도망가는 놈만 늘고 있는데."

"좋은 수가 있어. 이걸 보면 알걸세."

"그게 뭐야?"

"이것을 자세히 보게."

그들 두 사람은 편지를 자세히 보고는 무릎을 탁 치며 좋아했다.

"됐네, 됐어."

"그래 동참하려나?"

"이제 별수 없지."

"그럼 우리 함께 일을 하세."

"아예 오늘 밤으로 하는 게 어떤가."

"너무 빨리 서두르다가 자칫 실수라도 하면 곤란해."

"이런 일은 빠를수록 좋아."

"하기야 관군이 저렇듯 밀려드니."

"마음을 단단히 먹고 오늘 밤에 거행하자니까."

"그렇게 하지."

두 사람의 장한은 밤 들기를 기다렸다가 동헌 안으로 살금살금 기어들었다.

이 때 적장 황오는 연일 부하 제장과 술을 퍼마시며 주색에만 빠져 있었다.

성천 산 속에 하얀 달이 희고 맑게 비치고 있는 밤이었다. 달밤은 남녀가 수작하기에 알맞은 것인지도 모른다.

황오는 마악 미회 향아를 데리고 희롱하고 있던 참이
었다.

"너는 내가 패하면 또 관군 대장을 나처럼 섬기겠지."

"사또, 별말씀을 다하세요. 혹시 관군이 성을 둘러 싸
고라도 있나요?"

"그런 말 마라 속상한다."

"이렇게 저하고 있다가 조용히 가시면 되잖아요."

"가기는 어딜 가느냐?"

"저승으로."

"요것이."

"호호호."

"난 안 죽는다."

"어떡해서요?"

"나는 이 성을 날아 넘을 수가 있거든……"

"부하 병정 다 버리고요?"

"너는 옆구리에 끼고 가마."

"옆구리에 저를 끼고 어찌 성을 넘으세요?"

"내 힘이 천하장산 줄 모르느냐?"

"힘 좋으신 것이야 한 가지 힘이 좋으신 거죠. 밤잠을
벌써 며칠째 못 자게 하셨잖아요."

"그거야 처음 만났으니 그렇지. 네가 좋은 것을 어찌
겠느냐?"

"아무리 좋아도 난 싫어요. 이제는 걸음을 잘 걸을 수
가 없어요."

"그건 또 왜?"

"하초에 불이 나는걸요, 뭐."

향아는 이 말을 내뱉고 눈을 살짝 흘기었다. 그 흘기는 눈이 어찌나 고운지 황오는 그녀를 얼싸안았다.

"이러지 마시고 이제 이 곳을 빠져 나갈 궁리를 하세요."

"너는 적장의 계집이 되면 좋지 않느냐. 그런 소리 말고 이리 좀 안겨라."

"호호호."

"왜 웃느냐?"

"웃지도 못하나요."

향아가 안간힘을 쓰는 데도 불구하고 황오는 그 우람한 팔로 향아를 휘어감았다. 그리고는 옷을 마구 벗겼다. 향아의 젖가슴이 드러나자 황오는 짐승처럼 그 곳을 마구 애무해 나갔다. 향아는 자기의 젖꼭지가 황오에 의해서 물려지는 것을 느끼고는 몸을 뒤로 젖혔다.

향아의 입에서 가느다란 신음 소리가 흘러나왔다. 그러자 육중한 남성이 자신의 은밀한 곳을 향해 들어오는 것을 향아는 황홀감 속에서 느꼈다. 이미 그 곳은 젖을 대로 젖어 흥건하였다.

황오의 남성은 금방이라도 폭발할 것처럼 단단하고 매우 커져 있었다. 그는 그녀의 허리에 손을 뻗어 상체를 접근시키고는 향아의 여성을 향해 무섭게 돌진하였다. 그녀는 헐떡이고 있었다.

이 때 달빛 어린 창문 틈으로 이 광경을 지켜보는 두

사람이 있었다. 두 사람은 시퍼런 칼을 품고 기둥 옆에 웅크리고 있었다.

밤은 사뭇 고요히 흐르고 깊은 협곡 사이의 성벽 위에서는 무슨 늦가을 벌레 소리가 들려 왔다.

칼을 든 사내 하나가 침을 삼켰다.

"저런, 저 경을 칠 놈!"

"저 놈이 매일 계집과 저 짓만 하고 있었군."

"혁명군을 이끌고 서울을 친다던 놈이⋯⋯ 저런 죽일 놈 같으니."

"쉬쉬, 저 놈이 지금 계집의 그것에 눈이 어두웠는데 정신이 있는 줄 아나?"

"하기야 그럴테지. 저것 봐."

"으응."

"저 계집이 더 좋은가 봐."

"왜?"

"마구 징징거리지 않나?"

"울고 있군 그래. 남녀가 한탕할 때 우는 계집이 있다고 하더니만."

"너무 좋으면 그런 법. 저 계집은 아주 죽을 지경인 모양이지."

"죽도록 좋으니 울음이 나올 수밖에. 저런 연놈들을 봤나?"

"내버려 둬."

"왜?"

"조금 있으면 극락갈걸."

"하긴 그렇지."

황오는 계집과 정을 나눈 다음 이내 깊은 잠에 골아 떨어졌다.

두 사내는 비수와 시퍼런 칼을 들고 코고는 소리를 들으면서 동헌 안의 방문을 열었다. 코고는 소리와 여인의 옷가지들이 방안에 어지럽혀져 있었다.

순간 칼이 번쩍하면서 남자의 목이 덜컥 하고 떨어졌다.

황오의 목을 거머 쥔 두 사내는 계집은 그냥 두고 성벽을 기어넘어 관군의 진중을 찾아 이룡에게 적장의 목을 갖다 바치었다. 붉은 선혈이 철철 흐르는 적장의 부릅뜬 눈이 아직도 살아있는 듯했다.

이룡은 친히 그 목을 잘라 온 자들에게 격려의 말을 아끼지 않았다.

"수고했다. 상을 주마."

이튿날 아침 성벽 가까운 곳에 적장의 목을 걸어 놓으니 성안에서는 일대 아수라장이 벌어졌다.

한편으로 성문을 열고 항복하는 패가 있는가 하면 수백 명의 무리들은 일단 북문을 열고 도망치기에 바빴다. 도망쳐 달아나는 적병을 추격하는 관군과의 숨가쁜 싸움이 한창 벌어지고 있을 때였다.

이룡은 달리는 말 위에서 활을 겨냥하였다. 군사들은 그의 화살이 어떻게 적중하는가를 보기 위하여 싸움도 안 하고 그것을 지켜보았다.

활은 바람을 가르는 소리와 함께 적병 세 사람을 향하

여 날아올랐다. 화살이 적의 몸에 닿을까 말까 하였을 때 그중 한 명이 뒤를 돌아보았다.

화살은 사정없이 그 자의 숨통을 관통하였다. 그 자의 앞에 가던 자가 또다시 고꾸라지고 그와 동시에 세째 사람이 또 앞으로 고꾸라졌다.

실로 귀신 같은 화살이었다.

이룡의 부하가 쫓아가서 시체를 살펴보니 화살은 모두 세 명의 숨통을 뚫었고, 뚫고 지나간 화살은 맞은 편 큰 누릅나무에 박혀 있었다.

그런데 화살을 뽑으러 간 자가 금방 돌아오지 않았다.

"무엇들을 하고 있느냐?"

다시 병사가 달려갔다. 조금 후 먼저 간 병사와 함께 화살을 들고 돌아왔다.

"왜 늦었느냐?"

"화살이 나무에 박혔사온데 잘 뽑히지 않아서요."

"세 사람을 죽인 화살인데 그게 안 뽑혀?"

"겨우 뽑기는 뽑았사옵니다."

"어떻게."

"혼자 뽑다가 뽑히지 않기에 나중에 온 사람과 겨우 뽑았사옵니다."

"수고했다."

옆에서 이 광경을 지켜보던 병정들은 모두 혀를 홰홰 내둘렀다.

적병들은 무서운 화살에 백여 명이 고꾸라지고 그 나머지는 창과 칼에 쓰러져 싸움은 완전히 관군의 승리로 끝났다.

황오는 옆구리에 날개가 돋는 허황된 꿈을 꾸더니만 차가운 가을 하늘 아래 외로운 혼령이 되고 말았다.

부전자전

남남북녀(南男北女)라는 말을 굳이 꺼내지 않더라도, 북쪽의 여자 인물이 남쪽의 여자보다 훨씬 낫다는 것은 이미 잘 알려진 사실이다.

그러므로 '평안 감사' 하면 으레 '호강감사'로 만인이 다 알고 부러워하던 자리였다. 그래서 술과 여자와 더불어 열두 달 내내 능라도와 대동강 위에 배를 띄우고 꽃 같은 기생과 더불어 아름다운 산수를 바라보며 실컷 놀다가 한양으로 돌아가는 것이 평안 감사의 영직이었다.

또한 팔도의 다른 감사들은 쌀로 급료를 타는 것이 보통이지만 평안 감사만은 돈으로 급료를 받기 때문에 더욱 그 자리를 탐내게 되었다.

조선 팔도에 평안도 만큼 부호가 많은데도 없었으니

그것은 일찍부터 중국과 밀무역을 하여 큰 돈을 번 사람들이 수두룩하였기 때문이었다.

그러므로 평안 감사를 한번 잘 지내면 한평생 먹을 것뿐만 아니라 몇 대 동안 부귀호강을 유지할 수 있었다하니 그 호화로운 것을 능히 짐작할 수 있었다.

평안 감사를 한 차례 지내고 한양으로 돌아와서도 만일 한양의 명문 귀족들을 초청하여 큰 잔치를 지내지 않으면 대개 그 집 대문에 누구의 짓인지도 모르게 돼지 한 마리가 그려지게 마련이었다.

그것은 돼지처럼 혼자만 처먹는다는 욕이었던 것이다.

그러므로 누구든지 평안 감사를 한 차례 지내면 으레 돌아온 후 큰 잔치를 한 번은 치뤄야 하는 것이었다. 이러하니 평안 감사 자리가 얼마나 벼슬아치들의 선망의 대상이었던가를 능히 짐작할 수 있을 것이다.

그러나 재물보다는 색향으로서의 평양에 더 한층 매력과 묘미가 있는 것이어서, 누구라도 돈과 권력만 있으면 짓밟아 줄 때를 기다리는 아름다운 기생들이 평양에는 그득하였던 것이다.

사내로 태어나서 그 화사한 향락 한번 겪어보지 않고 어찌 한평생을 살았다고 하겠는가. 그래서 평양을 한번 찾는 사람은 누구나 북도의 미색에 취하지 않는 자가 없었던 것이다.

희고 고운 이, 짙고 검은 눈썹, 칡같은 머리카락, 허리의 완만한 곡선, 모두 아름다움이 아닌 것이 없는데 그 아름다운 몸 안에서 풍기는 교양들은 풍류 남아들로 하여금 오금을 쓰지 못하게 하는 것이었다.

실로 평양은 색향으로서의 자격을 완전히 구비한 천년의 고장이었다. 이 고장에 감사로 부임하는 것은 그야말로 제왕으로 부임하는 것과 조금도 다를 바가 없었다.

더우기 재색을 겸비한 신임 감사 이학인 바에는 어찌 만인이 우러러보지 않을 수 있겠는가.

이학은 부임하자 우선 이룡을 시켜 영변의 역적 황오와 최봉을 완전히 섬멸하였으므로 나라에서는 그에게 정이품의 높은 벼슬을 내리고 이룡에게도 종육품 병절교위의 직책을 내렸다.

이룡이 승리하고 개선해 돌아오는 날 평양 성중은 안팎으로 맞이하는 백성들로 들끓었다.

"바로 저 키 작은 분이 천하 명궁 이룡이라는 사람이래."

"키가 작은데 활을 잘 쏘나?"

"동서고금에도 없는 명궁이래."

"그래서 도적들이 그냥 황급히 도망쳤다는군."

"화살 맞고 죽느니 도망쳐 사는 게 나았겠지."

"새 감사가 저 사람을 사자 어금니보다 더 소중히 여긴다는군 그래."

"그럴테지."

"사자 어금니? 그런데 여보게, 그 이방인가 하는 놈말야. 이번 감사가 그 놈을 그냥 둘까?"

"글쎄, 두고 봐야지. 그 놈이 호색질에는 선수인데 감사가 또 사자 어금니로 쓰면 어쩔 수 없지."

"그 놈 잡아가는 귀신은 없나?"

"글쎄, 말야."

"그 놈 죄상이 하늘도 용서치 않을 텐데 여지껏 가만 놔두는 것을 보면 기가 막혀."

"그러게 말야, 정말 야단 났어."

평안도 백성들은 새 감사가 부임한 후 그 괘씸한 이방 놈을 그냥 두는데 대하여 크게 실망치 않을 수 없었다.

전 평안 감사 김수동도 이방 김수인을 내몰지 못하였다. 오히려 그 자를 두둔하기만 하였다. 그 자가 긁어다 바치는 방대한 뇌물 앞에 그는 어찌 할 바를 몰랐던 것이다.

김 이방이 저지른 것은 탐학뿐만이 아니었다. 그는 천하의 색광이었다. 기생이라는 기생은 닥치는 대로 결단냈다.

그는 나이 육십에 그의 딸을 간통했다고도 하는데 그것은 지어낸 소문만은 아니었다. 천하의 탐학 무도한 놈일 뿐만 아니라 천하의 패륜아인 그가 그의 딸과 서로 관계했다는 이야기의 전말은 이런 것이었다.

그가 여자를 알기 시작한 것은 이십대부터였다. 그는 물론 부인이 있었지만 중간에 첩을 여럿 얻었었다. 그 중 다섯째 번에 얻어걸린 여자가 의주 기생 매화라는 여자였다.

매화는 실로 매화꽃 모양으로 그윽한 향기를 간직한 계집이었다. 그는 일찍 부모를 사별하고 기적에 몸을 두었는데 사실은 명문의 서녀였다. 얼굴은 둥글고 갸름하며 살갗은 희고 보드러웠다.

김 이방은 매화의 집에 다니다가 결국은 매화를 소실로 맞이하는데 성공하였다. 매화는 아름다운 계집이었으므로 김 이방은 매일 매화의 곁을 떠나지 않았다. 아무리 고운 계집이라도 사흘 밤만 지나면 차버리는 것이 그의 오랜 습관이었는데 그런 것이 석달이나 걸렸으니 꽤 오래 매화를 귀여워한 것이었다. 그러나 석달 정도가 지나자 이제는 싫증이 났다.

그리하여 매화는 김 이방의 품에서 떠나갔다 그 후 일 년이 지나갔다. 뜬소문에 의하면 매화가 김 이방의 딸을 낳았다는 이야기가 떠돌았을 뿐 그것이 사실인지 아닌지는 확인할 도리가 없었다.

그러나 매화 자신은 김 이방의 품을 벗어난 이후 다른 남자와 관계한 일이 없었다.

매화와 헤어진 후 이십 년이라는 세월이 흘렀다. 그 동안에도 김 이방은 수십 아니 수백의 여인과 관계하였다. 그는 여자와 관계할 때 마다 별미 같은 것이 걸리기를 염원하였다.

그러나 막상 여자와 관계하고 나면 그것은 별미도 아무것도 아니고 그저 평범한 여인에 불과하였다. 그러기에 그는 여자를 새로 관계하고 나서는 입버릇처럼 '젠장 열에 한 맛도 없다니' 하고 중얼거리는 것이었다.

그도 이제는 사십이 넘어 불혹의 체면 같은 것이 있을 법도 하건만 아직도 철이 들려면 먼 것 같았다.

그가 건드려 보지 않은 계집은 이제 거의 없을 정도였다. 겨우 한두 가지가 남았을 정도였다. 여승과 무당이 바로 그것이었다.

어떻게 하면 여승과 무당을 한번 건드려 볼 수 있을까? 하는 것이 그의 마지막 염원이었다. 그러나 여승도 무당도 그에게는 걸려들지 않았다.

그는 속으로 슬그머니 울화가 치밀었다. 그러다가 이번에는 첫번으로 머리를 올리는 어린 동기(童妓)들만을 찾아 물쓰듯 관계하기에 이르렀다.

그는 닥치는 대로 동기란 명색만 있으면 관계하였다. 그러나 그의 입에 맞는 떡은 좀처럼 나타나지 않았다. 그러다가 겨우 아홉을 채우고 열 번째에 걸려든 동기가 있었는데, 어쩌면 어디서 한번 본 것 같은 얼굴이었다. 살냄새도 한 번은 맡아본 일이 있는 것 같은 동기였다.

김 이방은 꽃 같은 동기에게 그만 혹 하고 말았다. 아무래도 옛날 보던 좋은 계집과 비슷한 데가 있었기 때문에 김 이방은 밤마다 눈이 팅하게 붓도록 이 곱고 아름다운 동기에게 사로잡혔다.

김 이방은 평생의 염원이 이루어지는 것 같았다. 밤마다 김 이방은 소화라고 불리우는 이 동기에게 찰떡같이 달려들었다.

처녀의 괴로워하는 모습, 부끄러움이 더 많은 아양, 성숙한 여인에겐 없는 관능미의 압축감, 육체의 싱그러운 탄력감과 같은 것은 그가 오입쟁이로서는 수십 년에 처음으로 발견한 것이었는지 모를 일이었다.

그리하여 김 이방은 날이면 날마다 소화에게만 파고
들었다. 그러던 어느 날 소화가 드디어 헛구역질을 하면
서 호소하였다.

　　"있을 것이 없어졌어요."

　　"……"

　　"어떻게 해요."

　　"……"

　　"야단났어요."

　　"……"

　　김 이방은 할 말이 없었으나 웬일인지 그것은 보통 심
각한 얘기가 아닌 것 같았다.

　　"야단은 무슨 야단이냐?"

　　"어쩜 좋아요."

　　"낳지 뭐, 나밖엔 없지…… 달리 또 남자라도 있었느
냐?"

　　"……"

　　소화는 그저 말이 없었다. 그날 밤에도 김 이방은 소
화에게 녹초가 되었다.

　　그 후 며칠만에 김 이방이 소화의 집을 찾았을 때 소
화는 마침 없고 소화의 수양모가 홀로 있었다.

　　"소화 어디 갔소?"

　　"놀이 나간 모양입니다."

　　"어디로."

　　"글쎄, 아침 나절에 나갔는데……"

　　"어딜 갔을까?"

김 이방은 소화를 기다리기 위해 소화의 방안으로 들어갔다. 방안에는 아직도 소화의 체취가 남아 있었다.

　김 이방은 심심하기도 해서 화류문갑 자개 삼층상 빼닫이를 열어 살펴보았다. 아랫목에 비스듬히 드러누워서 이리 뒤지고 저리 뒤지고 하였다.

　삼층 자개장 아랫쪽 빼닫이를 열자 웬 여인의 초상화 한 장이 눈에 띄었다. 그런데 그 초상화의 얼굴은 어디서 본 듯한 얼굴이었다.

　"한 번쯤 본 듯한 얼굴인데, 어디서 보았을까? 아무리 보아도 본 듯한 얼굴이야. 그 많이 접촉한 여인 가운데 혹시 한 사람이 아닐까? 도대체 누굴까?"

　그는 그림을 이리 뒤적 저리 뒤적 하였다. 아무리 보아도 분명히 본 듯한 그림이었다.

　김 이방은 한참 동안 그림을 바라보다가 무릎을 탁 쳤다. 그 초상화의 얼굴은 매화가 틀림없었다.

　그는 생각에 잠겼다가 한참만에 기생 어멈을 불렀다.

　"여보게."

　"왜 그러세요."

　"이리 좀 오오. 이 화상이 누구요."

　"예. 그게 바로 소화 어미의 화상이지요."

　"예?"

　김 이방은 소스라치게 놀랐다. 그것도 그럴 밖에. 천하의 오입쟁이라도 차마 딸하고 그 짓을 할 수는 없었던 것이다. 그는 대번에 얼굴이 새파랗게 질리는 것이었다.

　"나으리, 왜 그러세요?"

"아니야."

"얼굴 빛이 좋지 않으신데요."

"……"

김 이방은 말없이 밖으로 나왔다. 그래도 한 가닥 남은 양심이 그의 마음 한구석에 자리하고 있었던 것이다.

그는 후들후들 떨리는 몸으로 겨우 집으로 돌아왔다.

'하늘을 머리에 이고 차마 어찌 걸어다닐 수 있을까? 천벌이라는 것도 있는데…… 아, 무섭구나.'

그는 괴로운 마음을 이끌고 자기 방으로 들어왔다.

'그것이 애기나 배지 않았더면, 딸에게 애를 배게 하였으니 그걸 뭐라고 불러야 하나? 아들도 아니고 손주도 아니고……'

무수한 생각이 김 이방의 가슴을 뚫고 지나갔다. 그는 맏아들에게 가보려고 방문을 나섰다.

그는 이 일을 어떻게 해야 할지 별의별 궁리를 다해가며 아들이 쓰고 있는 뒷채 아랫방 앞에 이르렀다.

방안에서 도란도란 여자와 남자의 목소리가 들려 왔다. 그는 방문 틈으로 눈을 가져다 들여다보았다. 방안에서 고운 여자의 목소리가 또 들려 왔다.

"여보, 언제나 저하고 같이 살아요?"

"지금 이러는 것이 같이 사는 게지."

"이게 무엇이 사는 거예요?"

"달리 또 어쩌누."

"죽겠어요."

"무엇이."

"그 놈의 영감 냄새 맡기도 싫어서요."

"영감쟁이라니 누구냐?"

"왜 아직 모르세요."

"널 만난지가 얼마 되지 않는데 어떻게 알겠니?"

"그도 그렇군요."

"그나 저나 이리 가까이 온."

고운 계집이 무릎 위에 올라 앉으니 젊은 사내는 그냥 참을 수가 없는 모양이었다.

한낮의 기운 겨울 해가 창가에 비치는데 사내는 계집을 아랫목에 눕혔다. 사내가 여자의 옷을 대낮에 벗기는 모양이었다. 김 이방은 이 모든 대화를 듣고 쓴웃음을 짓지 않을 수 없었다. 부전자전이라더니 아들도 벌건 대낮에 계집에 빠져 여념이 없었던 것이다.

그러나 아들 곁에 있는 이 계집은 누구더란 말인가? 그 계집은 소화가 아닌가? 방안의 말 소리가 또다시 들려 왔다.

"그러지 마시고 정실로 삼기나 하세요."

"정실로 맞는다는 데두 그러네."

"거짓말……"

"아니다."

"정말이에요."

"그럼."

방안에서는 드높은 남자의 호흡 소리로 요란했다.

김 이방은 사뭇 자기 방으로 돌아와 그냥 쓰러지고 말았다. 자신의 딸년인 소화가 자신의 아들과 정을 나누는 것을 보고는……

그러나 그런 것은 또 아무렇지도 않은 듯, 하룻밤을 그렇게 자고 난 김 이방은 또다시 탐학과 황음을 계속하는 것이었다.

아버지와 아들

이학이 평안 감사로 부임한지 한 달이 넘었다.

그는 영변과 성천의 반란을 진압하고 나서 전임 부사 김수동이 저지른 폐정을 쇄신하는 것에 힘을 썼다. 그리고 감영 안의 모든 질서를 바로잡기에 이르렀다.

그러던 어느 날 평안 부사의 다음 가는 직책인 도사가 들어와 김 이방을 처단하지 않고는 백성의 원성을 가라앉히기 어렵다고 이학에게 아뢰었다.

"김 이방을 처단하여 주옵소서. 모든 작폐는 김 이방에게서 비롯된 것입니다. 그는 아주 흉악한 위인이온데, 그 슬하에 아들 셋이 있사옵니다. 그 놈들 또한 지 아비를 닮아 흉폭해서 역대의 사또들이 오히려 그 아들 놈들 때문에 김 이방을 처단하지 못하였습니다. 사또! 굽이

통촉하시옵소서. 그뿐만이 아니올시다. 항간에는 그 자가 자기 딸과 붙어 애기를 낳았다는 소문까지 있습니다. 어찌 하늘이 용납할 수 있겠습니까? 진작 말씀 여쭙는다고 별렀습니다만 신임 초에 바쁘신 것 같아 여지껏 아뢰지 못하였습니다."

감사 이학은 그 말을 듣고 크게 노하였다.

"그 놈을 잡아 당장 취조케 하라."

마침내 감사의 엄한 분부가 내렸다. 그리고 감사는 병방 비장 이룡을 불렀다.

"이방, 김가를 묶어 치죄하라. 그리고 내 대신 그 놈의 모든 죄를 사실대로 밝히도록 하라. 그리하여 백성들의 모든 근심을 덜게 하라."

"분부하시는 대로 처결하여 사또께 아뢰겠습니다."

"당장 그리 하여라."

이룡이 감사의 지엄한 분부를 받고 밖으로 나와 우선 포졸을 시켜 이방을 잡아들이게 하였다.

그 소문을 전해 들은 김 이방은 '흥! 제깟놈들이 아무리 나를 잡아 죽이려고 하더라도 내 아들 삼형제가 뒤에 버티고 있는 터에 무슨 걱정이냐' 하고 속으로 콧방귀를 뀌었다. 그는 그 전에도 그런 식으로 생명을 부지했었던 것이다.

죄인을 취조하는 선화당 안은 별안간 술렁술렁하고 장검과 온갖 형구가 나열된 속에 늙은 김 이방이 형틀 위에 묶여 나왔다.

이룡은 감사를 대신하여 김 이방을 심문하기 시작했

다.

"네 이놈, 그 동안 평안도 백성의 원성이 높아 하늘에 사무치었는데 네가 네 죄를 알렷다. 또한 삼강오륜이 뚜렷히 있는데 아무리 오입쟁이 망난이라 하더라도 제 딸과 배가 붙는 놈이 어디에 있단 말이냐! 입이 있거든 대답해 보라!"

김 이방은 그 때서야 적이 입가에 비웃는 웃음을 지으며 입을 열었다.

"무엇이 어쨌다는 말이오. 내 할 일을 내가 했는데 무엇이 그렇게 잘못 됐단 말이오!"

"이 놈이 아직도 제 지은 죄를 모르고…… 여봐라 이놈을 매우 쳐라."

감사의 명을 받은 이룡의 추상같은 호령이 떨어졌다. 그 때 이룡을 비웃고 있던 김 이방이 말하였다.

"잠깐, 할 말이 있소."

"무슨 말이냐?"

"내 말을 들어 주겠소?"

"마지막 말이 될 터이니 들어주지."

"내 아들들을 불러 유언케 하여 주시오."

"과히 어렵지 않은 청이다."

그리하여 곧 김 이방의 세 아들이 선화당으로 불려 왔다. 그 세 아들도 불량하기가 그지 없는 자들이라 한번 이룡을 눈을 흘겨 쳐다보는데 살기가 등등하였다.

그 때 김 이방이 맏아들을 보고 말하였다.

"너는 아비가 죽은 후 애비의 원수를 언제까지 갚겠느

냐?"

"첫번째 제사 이전에 갚겠습니다."

"오오, 착하다."

김 이방이 둘째 아들을 보고 말하였다.

"너는 애비의 원수를 언제까지 갚겠느냐?"

"삼우제를 넘기지 않겠습니다."

"오오, 과연 내 아들이다."

그는 또다시 세째 아들을 향하여 말하였다.

"너는 언제까지 갚겠느냐?"

"소자는 오늘 밤을 넘기지 않겠습니다."

"오오, 너야말로 착한 내 아들이로다."

김 이방은 말을 마치자 자기의 말이 얼마나 효과가 있었는지 살펴보기 위해 사방을 두리번거렸다.

그는 전에도 이런 방법으로 난관을 모면하였고, 그 동안 온갖 작폐를 다하였던 것이다.

"할 말이란 그것뿐이냐?"

"그렇소."

"그렇다면 그 놈을 매우 쳐라."

이룡의 서릿발 같은 호령이 떨어졌다. 김 이방은 아들들의 발언에 겁을 집어먹고 방면할 줄 알았는데 오히려 그의 볼기에 매가 떨어지니 혼비백산하였다.

집장 사령의 무시무시한 매가 김 이방의 몸 위에 떨어지기 시작하자 불과 수십 대의 매질 끝에 급기야 김 이방은 숨이 끊어지고 말았다. 그러자 이룡은 시신을 아들들에게 넘겨주라고 명령했다.

한편 안에서 이 광경을 지켜보고 있던 새 감사는 이룡을 칭찬하지 않을 수 없었다. 그리하여 이룡에 대한 감사의 신임은 전보다 더 두터워지는 것이었다.

선화당 안의 밤이 다시 깊어졌다. 감사 이학은 병방 이룡과 김 이방의 아들들의 복수에 대비해 밤 늦게까지 이야기를 나누고 있었다.

"그 놈의 아들들이 오늘 밤 안으로 복수를 하겠다고 하였겠다."

"그렇사옵니다."

"무슨 특별한 대책이라도 있는가?"

"별로 없습니다. 감영 안에 특별 비상 경계를 시키고 있을 뿐입니다."

"그밖엔……?"

"별조치가 없습니다."

"아무 일 없겠나?"

"왜 아무 일이 없겠습니까?"

"그러면……?"

"소인이 하는 대로 그냥 두십시오."

"하여간 병방만 믿네."

감사가 숙소로 들어간 후 이룡은 감사가 쓰던 방에 대신 앉아서 책을 읽었다.

밤은 어느 때가 되었는지 모르게 사방이 쥐 죽은 듯 고요하였다. 이룡은 속으로 중얼거렸다.

'이놈들이 오늘 밤을 넘기지 않는다고 했는데, 아직 시간이 되지 않아서 그런가? 나타나지 않는구나.'

그 때였다. 문밖에서 고요를 깨뜨리는 발자국 소리가 들려 왔다.

'옳지, 이 놈들이 오는구나. 이 놈들을 한칼에…… 아니지. 간경이 뒤집히는 묘방이 있잖은가.'

그 때 밖에서 신발 소리가 점점 가까이 들려 왔다. 이룡은 에헴 하고 큰 기침을 한번 하였다.

그 순간 금세 신발 소리가 없어졌다. 또다시 선화당 안은 고요해지기 시작했다.

'이 놈이 내 높은 술수에 걸렸겠다. 이 놈들이 혼자만 오지는 않았을 텐데. 형제가 다 왔을 텐데.'

이룡은 혼자 속으로 이렇게 생각하고 밖으로 다시 귀기울였다. 마음은 더욱 가을 호수 모양 고요히 가라앉고 사방은 괴괴하였다.

그 때 아련히 발자국 소리가 또 들려 왔다. 발자국 소리가 가까워지자 이룡은 에헴 하고 다시 큰 기침을 하였다. 그 때 밖의 신발 소리가 뚝 끊어지더니 그냥 캑 하고 쓰러지는 소리가 들려 왔다.

이룡은 또다시 더욱 고요한 마음으로 책을 들여다보았다. 이룡은 자기의 계책과 비방이 맞아 들어가자 홀로 미소를 지었다. 자기의 힘은 쓰지 않고 상대방의 힘을 이용하여 남을 쓰러지게 하는 묘방을 그는 이미 터득하였던 것이다.

'아직 한 놈이 남았는데, 이 놈은 왜 아직 오지 않는고? 거의 올 때가 되었는데.'

그는 고요히 앉아서 귀를 한 곳으로 모았다. 선화당

안 뿐만 아니라 온 평양 성중이 고요한 것 같았다.

이 때 밖에서 또다시 살금살금 다가오는 신발 소리가 나기 시작했다. 신발 소리는 거의 창문 앞에까지 이르렀다.

에헴! 하는 이룡의 우뢰와 같은 소리가 선화당 안에 들려옴과 동시에 캑 하고 사람 쓰러지는 소리가 들려 왔다. 이제야 세 놈 다 없어진 셈이었다. 이룡은 그 때서야 관복을 벗고 자리에 누워 잠자리에 들었다.

다음 날 아침이 환히 밝아왔다. 이룡은 일찍 일어나 관복을 단정히 입고 감사에게 나아가 아뢰었다.

"지난 밤의 일을 보고하기 전에 송장 셋을 치워야겠습니다."

"김 이방의 아들놈들이냐, 어찌 퇴치하였느냐?"

"칼이나 활은 쓰지 않았사옵니다."

"용케 해치웠구나. 어디 시체 좀 보자."

감사는 육방 관속과 더불어 쓰러진 김 이방의 아들 시체 삼구를 검시하였다. 그런데 시체는 다친 데라곤 전혀 없었다. 참으로 이상한 일이었다.

이룡은 한곳의 상해도 없는 시체들을 가리키면서 감사에게 자초지종을 아뢰었다.

"세 놈은 전부 간경이 뒤집혀 죽은 것입니다."

"어째서 그러 하느냐?"

"첫번 놈이 칼을 품고 이 삼엄한 경계를 돌파하여 이곳까지 들어올 때에는 그 놈의 전신경은 간경으로 집중되었습니다. 조심조심 담을 넘어 여기까지 왔으니 일단 성공이라고 생각했겠습지요. 그 때 돌연히 자기의 일거수 일투족을 보고 있는 사또가 계신 줄 알자 그는 그만 간이 뒤집혀 그 자리에 고꾸라지고 만 것입니다."

"옳거니!"

"당연한 이치지요. 둘째 아들 놈이 또 들어왔습지요."

"그랬겠지."

"그 놈이 앞을 바라보니 형이 쓰러졌는데 벌써 죽어 있거든요. 그런데 별안간 에헴 소리가 쩌렁쩌렁 울리니 또 그 놈 역시 간이 뒤집혔지요. 들으니 그 놈 넘어지는 소리가 그저 캑 하는 소리뿐이었습니다."

"원 저런!."

"한참 있으려니까 막내 아들 놈이 들어오는 소리가 들려 왔습지요."

"그래서."

"그 놈이 안으로 들어와 보니 형 둘이 한곳에 쓰러진 것을 보고 간담이 서늘한데다가 별안간 안에서 천둥 같은 기침 소리가 울려 오니 그냥 그 자리에 쓰러지는 것이었습니다."

"너는 귀신이로구나?"

"덕분에 활이나 칼자루에 보기 싫은 핏방울을 묻히지 아니했습니다."

"장하다. 오늘부터 너를 이방을 겸직케 할 터이니 그리 알고 힘써 나를 도우도록 해라."

그리하여 이룡은 감사의 본부를 따라 병방과 이방을 겸직하여 신임 감사를 도왔다.

봄밤의 정담

평안 감사 이학은 아무런 걱정거리가 없었다. 반란군을 말끔히 토벌하고 그 동안 탐학을 일삼던 김 이방도 처단한 이학은 이제 이룡의 충실한 보좌 아래 그가 다스리는 평안도 일대를 태평스러움과 풍요로움이 넘치는 고장으로 바꾸어 놓았기 때문이다.

다른 지방은 흉년이 계속되어 도적이 사방에서 일어났지만, 평안도만은 새 감사의 덕망으로 평화로운 나날이 흘러가기만 했다.

어느덧 지루한 겨울도 다 가고 대동강과 모란봉에도 봄이 찾아왔다. 봄은 어디든지 찾아드는 법이었다. 불행한 사람에게나 행복한 사람에게나 아무 차별 없이 봄은 질서 정연하게 찾아들었다.

그것은 경상도에도 전라도에도 강원도에도 평안도에도 골고루 찾아왔다. 모든 나라에 모두 같은 것이었다. 어느 나라라고 봄이 그렇게 큰 차별을 두고 따로따로 찾아올 것인가?

이학은 대동강과 모란봉에 나아가 한번 봄을 완연히 느끼고 싶었다. 그 동안의 정무에서 잠시 떠나서 그 평양의 아름다운 미색들과 더불어 한번 놀아보고도 싶었다.

안정된 민심을 살피면서 이 아름다운 금수강산에서 한번 멋있게 놀다가 돌아가는 것도 그리 나쁘지 않겠다고 생각하였던 것이다. 그것은 이제 인생의 초로에 접어든 이학에게는 지극히 당연한 생각인지도 몰랐다.

그리하여 새 감사는 부임한 첫 잔치를 모란봉 부벽루 위에서 열기로 하였다. 이 잔치의 주인은 당연히 병방으로 혁혁한 공로를 세운 이룡이었다.

이룡은 비록 키는 작고 땅딸보같이 생겼으나 딱 벌어진 가슴과 어깨는 평범할 수가 없는 인물이었다. 더우기 그 푸르고 고요한 눈은 사람을 압도하는 힘을 가지고 있었다.

평양성 안에는 이제 이룡에 대한 남 모르는 흠모와 존경이 어느 곳에서든지 넘치지 않는 곳이 없었다. 백성들은 틈만 나면 이 비장에 대한 이야기로 꽃을 피웠다. 하지만 이룡에 대한 남다른 흠모는 평양 성안의 기생들이 더했다.

꽃 피고 새 우는 화창한 봄날이었다. 모란봉 부벽루

위에는 구름 같은 차일이 쳐졌고, 그 차일 안엔 꽃 같은 기생과 문무관원들이 모두 앉아 즐겁게 놀았다.

평양은 본시 색향인지라 가무에 능하고 시에 능한 출중한 기생들이 하나 둘에 그치지 않았다. 그중에도 모든 자질을 모두 갖춘 평양의 명기가 셋이 있었다. 평양 사람들은 그들을 일러 삼월(三月)이라 불렀다. 춘월, 추월, 동월이 바로 그들이었다.

그들은 가무와 시문뿐만 아니라 높은 절조로도 유명하였는데, 관권과 금력으로도 그들을 꺾을 수가 없었다. 내가 좋아하는 사내를 내 손으로 고른다는 것이 이들의 신조였다.

역대 감사나 부윤들이 모두 이들에게 큰 봉변을 당한 것은 말할 나위도 없었다. 그런데 그렇게 까다로운 춘월이, 추월이, 동월이었지만 감사의 이날 큰 잔치에는 모두 꽃단장을 곱게 하고 나왔다.

새 감사가 오늘은 이 비장의 개선 잔치라고 선언하니 모든 문무관원과 기생들의 시선은 모두 키 작은 이룡에게로 쏠리었다.

이룡은 짐짓 머리를 약간 숙여 모든 시선이 자신에게로 쏠리는 것을 피하였다. 그 때 다시 감사가 사방을 둘러보며 말했다.

"오늘의 주인공은 이 비장이니, 이 비장에게 술 한잔 따를 사람은 누구 없느냐?"

"……"

모두 아무 대답이 없자, 새 감사의 눈에 마침 춘월이

가 눈에 띄었다.

"옳지, 우선 춘월이가 이 비장에게 술 한잔을 따라 부어라."

기다렸다는 듯이 춘월이가 회장 저고리 회장 치마에 흐르는 듯한 가느다란 허리를 섬섬옥수로 매만지며 앞으로 나왔다. 이 비장의 은술잔에는 노란 감홍주가 찰찰 넘치도록 가득 담겨졌다.

이 비장은 춘월에게 한마디 묻지 않을 수 없었다.

"평양 기생은 무엇에 능하느냐?"

"노래도 능하고 춤에도 능하며 시에도 능합니다."

감사 이하 문무관원들이 모두 이 광경을 바라보았다. 춘월은 홍조 띤 얼굴로 이 비장을 뚫어지게 바라보았다.

"능하고 능한 가운데는 아무런 능함도 없느니라."

춘월의 푸른 눈, 고운 입술이 잠시 바르르 떨렸다.

"하지만 달 없는 삼경에 지아비 부르는 능함은 있사옵니다."

이 때 모든 사람이 크게 웃고, 새 감사가 무릎을 탁 쳤다. 감사는 춘월에게 칭찬을 아끼지 않았다.

"잘 했다. 오늘 잔치는 이 비장의 잔치가 아니라 춘월이의 잔치 같구나."

다시 감사가 춘월이를 보고 노래 한 수 부르기를 권하였다. 춘월은 다소곳이 고개를 들어 먼 산을 바라보는 듯하더니 노래를 불렀다.

솔을 솔이라 하니 무슨 솔로 여겼는가

천홍절벽(千匈絶壁)에 낙랑장송 내기로다
길 아래 초동(樵童)의 접낫이야 걸어볼 줄 있으랴

　춘월이의 꽃처럼 고운 음성은 허공에 흩어져 듣는 이의 심경을 어루만지는 듯했다.
　그녀의 목소리는 이미 지상의 목소리가 아니었다. 하계에 내려온 선녀가 아닐까 할 정도로 그녀의 음성에는 깊은 기품이 흐르는 듯했다. 과히 평양성 중의 명기가 되고도 남음이 있는 소리였다.
　이 사람 저 사람들이 춘월이를 두고 칭찬을 마다하지 않고 있는데 추월이, 동월이도 감사의 분부에 의하여 오늘의 주인공인 이룡에게 잔을 권하였다.
　바야흐로 풍악은 무르익고 취기는 한창 그 기운을 더해 갔다. 여기 저기에서 노래 소리와 떠드는 소리로 봄바람의 훈훈함 속에 인생의 환락은 무르익어 갔다.
　어느덧 해가 서쪽으로 넘어가기 시작하자 하루의 잔치도 거의 파장이 되어가고 있었다.

　어찌 된 영문인지 알 수가 없었다. 이룡은 춘월이의 집에 와 있었던 것이다. 만취가 된 다른 비장들도 따라 왔는데 그들은 하나 둘 슬쩍슬쩍 빠져버리고 마지막까지 남은 것은 이룡 혼자였던 것이다.
　"어, 그만 돌아가 볼까?"
　이룡이 일어서려고 하니 춘월이가 깜짝 놀라는 것이었다.

"그게 무슨 말씀이세요?"

"밤이 깊었으니 감영 안으로 가 봐야지."

"밤에도 일을 보시나요?"

이 비장을 바라보는 춘월이의 눈은 정에 가득 차 밝게 빛나고 있었다.

"밤에도 일이 있지."

"밤에야 무슨 일이 있으시겠어요."

"너희들 같으면야 지아비를 부르는 일 밖에 더 있겠느냐마는……"

"……"

"왜 말이 없느냐?"

"나으리 그것도 말씀이라고 하세요? 이렇게 늦은 시간에 나으리 밖에 딴 사내가 저의 집에 또 있는 줄 아세요. 저를 함부로 아무한테나 몸을 맡기는 그런 계집으로 보지 마세요."

"그렇다고 그렇게 앵도라질 거야 뭐가 있느냐? 이제부터 안 그러마."

"그럼 술상을 다시 보아 올릴게요."

그제서야 춘월이는 희죽 웃고 부엌으로 나가려고 하는데 그 웃는 모습이 어찌나 고운지 이룡은 달려들어 끌어안고 입을 맞추었다.

춘월이는 부끄러운 듯 이룡을 살짝 밀었다.

"아이, 부끄러워요."

"이건 아주 새 색시 같구나."

"그럼 나으리는 제가 헌 색시로 아셨나요?"

"새 색시고 헌 색시고간에 그게 무슨 상관이냐?"

"아이, 전 싫어요. 아직 이래봬도 새 색시인데 헌 색시 대하듯이 하니 말씀이에요."

"겪어보기 전에야 어찌 새 색시고 헌 색시고를 알 수 있단 말이냐?"

"아이, 망칙해라."

"망칙하긴 뭐가 망칙하냐? 누구 모양으로 그럼 아야 란 말을 너도 배워둔 모양이구나."

"아야가 무슨 말인가요?"

"그것도 모르고 무슨 기생질이냐?"

"그런 말을 누가 안답디까."

"듣고 싶지 않으냐? 값이 비싼 얘기다."

"값을 내면 되잖아요."

"무엇으로 값을 물려느냐, 내 요구하는 대로 물겠느 냐?"

"나으리 요구가 뭔데요?"

"너를 아야 만드는 것이 내 요구다."

"흥한 말씀 그만 하시고 아야가 뭔지 말씀이나 빨리 하세요."

"내 요구를 들어주어야지."

이 비장은 침을 한번 삼키고 나서 입을 열었다.

"어느 고을에 양반의 딸이 하나 있었단다. 그것이 그 냥 딸이 아니고 무남독녀 외딸이었어. 양반에게는 먹을 것이 없겠나, 입을 것이 없겠나, 불면 날아갈까, 안으면 터질까, 그야말로 금지옥엽으로 키웠지 뭐냐. 세월은 화살처럼 빨라서 그 처녀의 나이가 과년해졌단다. 그러자 사방에서 혼처가 빗발치듯 했지."

"예뻤나요?"

"아암. 양귀비만큼 예뻤던 모양이야. 바로 시집 가기 몇 해 전 일였지. 봄바람은 소슬하게 불고 고양이가 돌담 모퉁이에서 암내를 풍기는 밤이었지. 그러한 고운 밤에 그 무남독녀도 그냥 있을 수만은 없었던 모양이야. 그러기에 과년한 계집아인 그냥 집에 두면 안 된단 말이야. 이웃 집에 논어 맹자를 읽고 있던 총각놈하고 그만 담모퉁이에서 눈이 맞았단 말씀이야. 그만 봄밤은 그 봄바람 때문에 더욱 그들 두 청춘 남녀로 하여금 넘을 수 없는 데까지 넘고 말았지. 그래, 한번 그 달콤짭짤한 맛을 보고 나니 두 사람은 그냥 물불을 가리지 않고 밤마다 만나기로 하였단다. 그 봄이 거의 다 가고 여름이 가고 또 가을이 가고 또 겨울이 간 다음 다시금 봄밤이 돌아올 때까지 그들은 그 말할 수 없는 청춘의 유일한 즐거움을 누리고 있었다지 뭐냐?"

"그렇게 그게 좋은가요?"

"아직 모르느냐?"

"이 방에 이렇게 계신 분은 나으리 밖에 없었다니까요."

춘월이는 이 비장에게 그 고운 눈을 살짝 흘겼다.

"정말이냐? 그럼 이 이야기를 잘 들어둬야겠다. 써먹어야 될테니까."

"무엇에 써 먹는다는 거예요?"

"나중에 보면 알 것이다. 그런데 두 사람의 사이가 그쯤 되자 양가에서는 두 사람의 궁합을 보았는데 아주 좋지 않더란 말야. 그만 혼담이 파혼되지 않았겠냐."

"저걸 어째, 궁합이야 저희끼리 벌써 다 맞춰버린 궁합을 가지고 그러면 어쩌나요."

"그게 탈이었지. 양가에서 다 마다하니 당사자끼리는 애간장이 타고 다 녹았겠지. 두 사람은 이별의 눈물을 흘리면서 결국은 헤어졌다는구먼. 그리하여 이별한 두 사람은 부모의 반대를 무릅쓰고 도망이라도 하려고 하였으나 그것도 뜻과 같이 못하였단다. 한번 이별한 남녀는 다시는 만날 수 없게 되었으니 그 남자는 그만 상사병으로 저승길을 가고 말았어."

"저런, 저를 어째!"

"그러니 비극이지 뭐냐. 이제 색시는 자꾸만 늙어가고 또 부모는 시집 가라 야단이었지. 처녀는 시집가기를 완강히 거부하는데 그 이유가 있었단 말이야. 이미 처녀가 아니어서 갈 수가 없었던 게지. 그리하여 온 집안 식구가 모여서 협의를 한 결과 색시의 모친이 조용한 틈을 타서 딸을 불렀단다. 딸을 보고 조용히 묻는 말이 '아가, 그 총각하고 서로 관계가 있었니?' 하니까 색시가 대답을 못하고 말았단다. 어미는 딸이 이미 처녀가 아닌 줄 알고 딸의 귀에다 가만히 타일렀단다. 첫날밤만 무사히 넘기면 되니까, 그저 첫날밤에 무조건 '아야' 하고만 있어라고 타일렀다는군 그래. 새 색시인지 새 색시가 아닌지는 대개 첫날밤에 아는 것이니 무조건 '아야' 하라고만 말했지. 그래, 그럭저럭 달래가지고 외동딸을 억지로 시집을 보냈거든."

"그래 첫날밤에 어찌 됐나요."

"외동딸이 시집을 가기는 갔는데, 그 부모의 마음이야 조마조마해서 가히 살얼음 위를 걷는 기분이었지. 그래 혼례를 마치고 저녁에 신방에서 화촉을 밝히게 됐지."

"간밤에 사고는 없었나요?"

"왜 사고가 없었겠나. 가물거리던 촛불이 꺼지고 두 청춘이 어둠의 바닷속을 헤매게 되었지. 그리하여 신방의 꿈은 무르익어 갔지. 그들은 이미 한몸이 되어 있었지. 바야흐로 노도의 광란 속에서 색시는 그만 압도당하고 말았던지 어머님의 간곡한 부탁을 잊어버리고 말았단 말야."

"그래 어찌 됐어요?"

"워낙 애무가 격심한 밤이라 모든 것을 다 잊어버리게 되는 모양이야."

"어머니 분부를 깜박 잊었으니 이를 어째요."

춘월은 이 비장에게 그렇게 묻고는 술을 들어 이 비장의 입에 부어 주었다. 그리고는 곧 안주를 집어 입에다 넣어 주었다.

"신랑은 그 때서야 정신이 번쩍 들어 '여보' 하고 신부를 불렀지. 그리고는 잠시 머뭇거리다가 결심을 했던지 첫날밤엔 으레 '아야' 하는 법이라는데 어떻게 된 셈이오? 하니까 그 때 가서야 신부는 모친의 분부가 생각이 났던지 그제야 아야 했단 말일세."

"호호호."

춘월이 자지러질 듯 웃자, 이 비장도 따라 한바탕 웃었다. 이 비장이 한참을 곱게 웃는 춘월이의 모습을 바라보다가 다시 입을 열었다.

"자네 같았으면 그런 경우 뭐라고 말했을까? 한번 말해 보아라."

"호호호. 자연적으로 터져 나오는 소리가 있었겠지요."

"으하하하."

이 때 춘월이가 무엇이 불편한지 잠시 얼굴을 찡그렸다가 그만 방귀를 뀌고 말았다. 이 비장은 깜짝 놀라 춘월이를 잠시 힐난하듯 말했다.

"버릇없게시리……"

"버릇이야 본래 없지만 없는 버릇은 고쳐주시면 되잖아요."

이 비장이 다시 언성을 높여 말하였다.

"용서 못하겠다. 얘기가 난 김에 내 방귀 뀌고 버릇 고친 얘기 한 마디 더하지."

"아이, 재미있어. 나으리 말씀은 죄다 재미있어요."

"고려 시대에는 스님이 제일이었지. 스님 가운데는 워낙 고명한 분이 많기도 했는데, 왕족 되는 분들이 출가하여 고승이 되었던 탓도 있었지. 그래서 스님들의 지위는 요새 모양으로 그렇지는 않았어."

"중은 본시 음침하다는데요."

"그래, 음침하고말고. 지금 그 중이 음침하단 얘길 하려던 참이었네. 고려 시대에는 승려의 지위가 높았으므로 승려들은 온갖 못된 짓을 다했단 말야. 마침 그런 스님 한 분이 길을 가고 있었어. 그런데 길을 가다가 큰 숲이 나타났단 말야. 울창한 숲이 길 양 옆으로 무성한데 도적이라도 나올 것만 같은 그런 길이었지. 바로 그 길가에 곱고 아름다운 처녀가 나물 바구니를 머리에 이고 있었는데, 그 처녀가 어찌나 고운지 말할 수가 없었지. 그 고운 처녀가 글쎄, 스님 앞을 바싹 지나다가 아차 실수하여 방귀를 뀌었단 말일세. 그래, 스님이 크게 노하셨지. 스님 앞에서 방귀 뀌는 년은 그냥 둘 수가 없다고 했지. 이년의 버릇을 당장 고쳐야 한다고 스님은 처녀를 데리고 깊은 숲 속으로 들어갔지."

"호호호……"

"왜 웃느냐?"

"무슨 버릇을 숲 속에서 가르친담."

"거기에 바로 이 이야기의 재미가 있지. 그리하여 처녀를 끌고 숲 속으로 들어간 스님은 '계집애가 스님이 길 가는데 함부로 방귀를 뀌었으니 그냥 둘 수가 없다. 너와 같은 계집은 본시 버릇을 잘못 배워 그렇게 된 것이니 여기 사람 안 보는 데서 버릇을 고쳐야겠다'고 하니까. 처녀가 한다는 소리가 어디 한번 맘대로 버릇을 가르쳐 보시라고 말했지. 그래, 중이 그러면 버릇을 단단히 가르칠 테니 우선 옷을 벗어야 한다고 말했단 말이야."

"흥하게…… 그게 무슨 버릇 고치는 방법이에요?"

"그러니까 음침한 스님 아니냐. 스님이 처녀를 보고

옷을 벗으라고 하니 처녀는 서슴 없이 옷을 벗었는데 스님은 고운 처녀의 몸을 정신나간 사람 모양으로 바라보고만 있었단 말야."

"원 저런, 그래 어찌 됐나요?"

"아무리 기다려도 스님은 바라보고만 있으니까, '스님 왜 버릇은 안 가르치십니까?' 하고 반문했다는 거야."

"처녀도 대담하군요."

"그래, 한동안 처녀를 망연자실 바라보고만 있던 스님이 드디어 '너는 꼭 관세음보살처럼 생겼으니 내가 감히 버릇을 가르칠 수 없으나 이왕 이렇게 벗었으니 한번만 꼭 버릇을 고쳐봐야겠다' 하고 말하면서 처녀를 잔디 위에 다소곳이 뉘었어."

"정말 버릇을 가르치려고 그랬는가 보지요."

"그야 두고 봐야지. 아직 거기까지는 안 갔으니까. 금잔디 위에 다소곳이 나체가 되어 드러누워 있는 처녀의 전신을 바라보던 스님은 또다시 바라보고만 섰더란 말일세. 그 고운 처녀를 도저히 손을 댈 수가 없었던 모양이지. 마치 곱게 깎아 다듬은 석불 같기도 하고 관세음보살 같기도 했으니까. 아무리 바라보아야 어디 색정이 움직여야 버릇을 가르치지. 그냥 그대로 대자연 속의 일부분만 같았지. 아무 생각도 없이, 그저 무념무상이었지. 티끌만한 생각도 없었단 말이야. 처녀는 처녀대로 그만 지치고 말았지 뭐야. 견딜 수 없는 굴욕감을 느끼기 시작하였던 거야. 스님은 스님대로 깨달음의 경지에 들어가고…… 그 때 문득 스님이 눈을 들어 자작나무 가지 위를 바라보았거든. 글쎄, 자작나무 위에는 한 쌍의 산비둘기들이 무언지 서로 회회낙낙하며 주거니 받거니 희롱을 하는데 스님은 그것을 유심히 바라보기 시작하였단 말일세. 그랬더니 그 산비둘기들은 점점 저희들끼리 입도 맞추고 앉기도 하다가 급기야 아주 붙고 말았지."

"본시 산비둘기가 제일 음탕한 날짐승이라면서요?"

"금술 좋기로야 산비둘기를 따라갈 사람이 없지. 그 놈들은 하루 진종일 붙어 지내는 놈들이니까. 그런데 스님이 그 산비둘기 한 쌍이 붙은 것을 보고 홀연히 딴 생각이 나기 시작하였는데, 그 때 바로 좌우 숲 속을 바라보니 이게 웬일인가? 한 쌍의 노루가 바로 지금 그 짓들을 하고 있었단 말야."

"그 놈의 숲은 전부 그런 판이 되었군요."

"그쯤 되었지. 숫노루에게 깔려 고통을 겪고 있는 장면을 보고 스님은 빙긋이 웃었거든. 그건 고통이 아니었지. 환락의 절정이었지. 스님은 비둘기와 노루를 번갈아 바라보다가 드디어 결심한 듯 처녀 곁으로 가만히 걸어 갔단 말야."

"아이, 저걸 어째."

"어쩌긴 무엇이 어째?"

"무서운 중놈이 곁으로 오는데 어쩔 거예요?"

"무서운 중놈이 아니고 자비로운 보살님이시지……"

"글쎄, 얘기나 계속 하세요. 목 마르시지요."

춘월은 술을 따라 이 비장의 입에다 또 가득 부어 주었다.

"너하고 얘기하면 밤새도록 얘기해도 목커녕 아무것도 마르지 않다. 결국 처녀의 그 고운 살결을 바라보던 스님은 처녀에게 자신의 모든 것을 내주고 말았지. 그리고 두 사람이 일을 마치고 석양 노을을 바라보며 그 노을처럼 붉게 타는 가슴을 안고 섰을 때 마을에서는 저녁 연기가 피어오르기 시작했지. 처녀는 그 샛별 같은 눈에 고운 이슬이 맺히더라네."

"눈물이 그렇게 값이 없어서야."

"값 없는 눈물 같은가? 그게 좋은 거지. 아름다움이란 그런 것이니까. 자네도 한번 이별을 해 보게."

"흉한 말씀 그만 하세요."

"그 처녀가 눈물을 흘리면서 스님에게 이렇게 말했지. 춘월이는 그 처녀가 뭐라고 했으리라 생각하나?"

"글쎄요."

"한번 생각해 보게. 맞추기만 하면 내 입을 한번 맞춰 주지."

"아이, 싫어요."

"싫어도 할 수 없고 좋아도 할 수 없고 오늘 밤은 어쩔 수 없는 밤 아닌가."

"글쎄요, 뭐라고 했을까요."

"그 때, 그 처녀가 웃으며 나물 바구니를 끼고 돌아서면서 하는 말이……"

"뭐랬어요?"

"대사님! 하고 불렀지."

"저런……"

"스님도 정이 담뿍 담긴 눈으로 처녀를 바라보는데 처녀가 하는 말이 '나 방귀 한번 더 뀔까요?' 하더란 말이야."

"호호호……"

"얼마나 애교 어린 말인가? 방귀 한번 더 뀔까요? 그 심정은 저녁 노을보다 더 아름답고 무지개보다 더 고운 심정이란 말일세. 함께 살자고 하는 것하고 방귀 한번 더 뀔까요? 하는 심정하고 그 말의 느낌은 다르지."

"그 말이 그렇게 좋으세요?"

"좋고말고."

"아까 제가 방귀 뀐 까닭에 나으리가 그런 얘길 해주셨으니 쇤네도 방귀 한번 더 뀔까요?"

"고 입이 곱기도 하구나."

"그만 하시고 술이나 더 드세요."

"아주 고주망태를 만들 작정이구나."

"누가 그런데요."

"나를 고주망태로 만들어 놓고 네가 날 마음대로 해볼 셈이지."

"아이, 망칙해."

"네가 방귀만 연속으로 뀌겠다고 지금 네 입으로 말하지 않았느냐? 방귀를 뀌어도 그 처녀처럼 뀌면 다 복 받느니라."

춘월의 첫날밤

몽롱히 취해 오는 술기운이 취흥을 더하여 주는데, 서로의 정겨운 얘기는 두 사람만의 밤을 더욱 흥겨웁게 해 주었다.

사람이 있으면 그림자가 따르는 법이요, 소리가 있으면 메아리가 쫓는 법이다. 사람이 있으되 그림자가 없으면 사람이 아닐 것이요, 소리가 있으되 메아리가 없다면 소리가 아닐 것이니, 청춘이 있으되 사랑이 없으면 그것은 청춘이 아니며, 사랑이 있다 하되 결실이 없으면 그것은 진실로 사랑이 아닐 것이다.

비장 이룡과 평양 명기 춘월과의 꿈같은 사랑도 이러할 것이니, 그들은 비록 서로 알고 만난 지는 얼마 안 되었지만 청춘 남녀로서 그들의 사랑은 그야말로 고귀한 결실을 맺는 아름다운 밤이 되어 가고 있었다.

밤이 더욱 깊어지자 춘월은 심부름하는 계집 아이를 시켜 따끈한 찌개를 갖고 오게 했다. 찌개가 오자 춘월이 한 숟갈 떠서 이 비장의 입에 손수 넣어 주었다.

이 비장은 입을 넙죽 벌리고 그 찌개를 받아 먹었다. 두 사람의 모습은 마치 소꿉장난하는 어린 아이 같았다.

"그래, 이제 재미있는 얘기 값은 안 내긴가?"

"이제 내죠, 뭐."

"얘기는 그만 할까?"

"뜨끈한 국물이나 자시고 얘기하세요."

춘월은 이 비장에게 술을 따라 권하고 자기도 한잔 따라 마셨다. 춘월의 얼굴은 더욱 발그레해졌다.

그 때였다. 멀리서 첫닭 우는 소리가 들려 왔다.

"에그, 벌써 첫닭 우는 소리가 들려 오네. 나으리, 이제 그만 주무셔야겠어요."

이 비장은 그 말을 듣고 그제서야 졸린 듯했다. 그리고 춘월을 빨리 품고 싶기도 하여서 머리를 끄덕끄떡하였다.

춘월은 흩어진 술상을 치우고 이부자리를 편 다음 밖으로 잠시 나가려고 하였다.

"밖엔 왜 나가려느냐?"

"대문 빗장을 잠궈야지요."

"아직 안 잠갔나?"

"네."

춘월은 총총히 밖으로 나가더니 큰 대문 빗장을 달아 걸고 다시 안방으로 들어왔다.

　"그래, 도적놈 올까 봐 빗장을 달아 걸었느냐?"

　이 비장이 빙그레 웃으며 물었다.

　"도적이 오지 않는다 해도 나으리가 오셨으니 빗장을 달아 걸어야죠."

　"도적놈은 쫓는 방법이 있지."

　"어떻게 쫓나요?"

　"가만 있게, 우리 자리에 든 다음 도적놈 쫓는 애기나 해보세."

　"아이, 재미있어."

　"춘월이, 재미있다고만 하고 애기 값은 영 내지 않으려는 눈치일세그려."

　"지금 나으리를 모시면 값을 다 치르는 것 아닌가요."

　"나으리를 모시다니?"

　"모시고 그냥 눕는 거죠. 호호호……"

　"부끄럼도 없구나."

　"나으리, 이제 옷을 벗으세요."

　"네가 벗겨주렴."

　"망칙해요. 남자가 여자 옷을 벗긴다는 말은 들었어도 여자가 어떻게 남자 옷을 벗깁니까?"

　"무슨 법이 필요하냐? 아무나 벗기면 되지."

　"정말 옷을 벗겨 드릴까요?"

　"그래라."

　"어떡하나, 부끄러워서……"

"부끄럽긴 뭐가 부끄럽다고 내숭을 떠느냐. 빨리 옷이나 벗겨라."

춘월은 부끄러워하면서도 이 비장의 저고리부터 벗기기 시작했다. 저고리를 벗기는 춘월의 하얀 손이 부르르 떨렸다.

"손이 마구 떨리는구나."

"아무렇지도 않게 생각되는데 손이 마구 떨리니 무슨 이치일까요?"

"모르겠다. 네 속에 구렁이가 들어 있어서 그러는 게 아니냐? 벗길려면 빨리 벗겨라. 도적놈 들어올라."

이 비장은 더는 참을 수 없다는 듯 춘월이를 품에 안았다. 나긋한 여인의 촉감이 전류를 탄 것처럼 세차게 전해 왔다. 마치 한 마리 연어가 펄떡이는 것만 같았다.

"너도 그만 옷을 벗으려무나."

그러자, 춘월은 파르스름한 눈자위를 치뜨고 이 비장을 무섭게 쏘아보았다.

"그런 인심이 어디 있어요? 저보고 옷을 벗으라는 말씀도 말씀이라고 하십니까?"

"오, 그러냐."

이 비장은 춘월의 옷을 하나 둘 벗기기 시작했다.

밤은 벌써 얼마나 깊었는지 먼 데서 닭이 또 한번 홰를 쳤다. 그 때에야 춘월의 노여움도 풀린 듯 온 얼굴에 미소를 지었다.

춘월이가 이 비장의 등을 지그시 밀었다. 이 비장은 못이기는 체하고 이불 속으로 미끄러져 들어갔다. 얼마

지나지 않아 이 비장은 춘월의 몸을 감탄하지 않을 수 없었다.

춘월의 나이 벌써 스물다섯이었으니 어찌 그 몸매가 완숙하지 않을 수 있겠는가. 무르익을 대로 무르익은 몸매에 거기에다 처음으로 순결한 몸을 바치는 처녀로서의 춘월의 몸은 이 비장을 감탄케 하기에 충분한 것이었다. 한없이 부드럽고 관능적인 모든 촉감들은 이 비장으로 하여금 탄성을 연발하게까지 했다.

"아직도 너는 처녀였구나."

이불 속에 들어간 이 비장이 가만히 춘월의 귀에다 속삭였다.

"몰라요."

"무얼 몰라?"

"몰라요."

드디어 이 비장의 손이 춘월이의 가장 소중한 곳을 어루만졌다.

"나으리도, 아이……"

"왜 부끄러우냐?"

그런데 이 비장이 별안간 이마를 찌푸리기 시작했다.

"나으리, 왜 그러세요."

"……"

"나으리……"

"으응……"

"왜 그러세요?"

춘월은 이 비장이 아무 대답이 없자 울상을 했다.

이 비장은 확실히 무슨 불유쾌한 확증이라도 잡은 모양이었다. 자못 우울한 표정으로 말이 없었다. 말이 없는 표정이 마치 춘월이를 욕하고 있는 것 같았다. 그뿐만이 아니었다.

이 비장의 열정은 시체처럼 싸늘하게 식어갔다. 그 다정다감하던 사람이 이불 속에서 그만 앵도라져 버린 것이었다.

춘월은 그 이유가 무엇인지 곰곰히 생각해 보았다. 그러나 아무 생각도 떠오르지 않았다.

춘월은 나지막히 이 비장을 불렀으나 이 비장은 여전히 대답이 없었다. 점점 차돌 모양으로 굳어가기만 하는 이 비장이었다. 이 비장은 속으로 생각하였다.

'여지껏 처녀라고 뻐기더니. 처녀도 아닌 것이 감쪽같이 속이다니…… 내가 그렇게 쉽게 속아 넘어갈 줄 알았나.'

이것이 이 비장의 앵돌아진 마음이었다. 이불 속의 체온이 서로 맞닿아 있다가 갑작스럽게 떨어지자 두 사람의 몸은 싸늘하게 식어갔다.

두 사람은 한 동안 말이 없었다. 이윽고 한식경이나 지난 다음 이 비장이 조용히 입을 열었다.

"지필묵이 있지?"

"네……"

"이리 가져 오게."

춘월이 이불 밖으로 나가서 서가 위의 지필묵을 가져 왔다.

춘월의 나체를 바라보는 순간 이 비장의 의혹이 다소 풀리는 듯하였다. 춘월의 벗은 몸은 그야말로 조각을 해 놓은 것처럼 눈이 부실 지경이었기 때문이었다.

그러나 이 비장은 지필을 잡아 다려 이불 밖으로 몸을 내놓고 한 손으로 글을 썼다.

'모다공활 필유과인지적(毛多孔闊 必有過人之跡).'

선명한 붓 끝에 먹의 흔적이 선명하게 드러났다. 뜻은 이러했다. 털이 많고 그 둘레가 한없이 넓으니 반드시 사람 지나간 자취가 있다는 얘기였다. 그 때서야 영문을 모르고 있던 춘월은 다소곳이 고개를 숙이고 있다가 그 글을 한번 읽고 미소를 지으면서 붓을 들었다.

'계변양유 불우습. 추원황율 무봉개 (溪邊楊柳 不雨濕. 秋園黃栗 無蜂開)'

글씨를 아담하게 썼다. 이윽고 그 글을 바라보던 이 비장이 그만 입이 함박만큼 벌어졌다. 그러면 그렇지 하고 춘월의 하얀 몸을 으스러질 듯 끌어안았다.

비단 이불 아래 격정적인 파동이 일기 시작하였다. 확실히 춘월의 대답은 명답이었다. 그 때 춘월이 잘못 대답하였던들 두 사람의 애정이 어떻게 변하였을지 예측할 수 없었을 것이었다.

그 뜻은 이러했다. 시냇가의 버드나무는 비가 오지 아니하여도 항상 젖어 있고. 가을 동산의 누런 밤송이는 벌이 쏘지 아니 하여도 열려 있느니라 라는 뜻이었다.

이제 모든 의혹은 구름이 흩어지듯 없어졌다. 조그만 우여곡절은 그들에게 더한층 뜨거운 사랑의 격정을 가져 오게 하였다. 격렬한 격정이 이불을 흔들기 시작했다.

　그 때 춘월이 방긋 웃었다. 그것을 보고 이 비장이 입을 열었다.

"왜 웃느냐?"

"글쎄요."

"말해 봐라."

"나으리 말씀이 생각나서요."

"그것 참."

"아이……"

"말해 봐라."

"호호호."

"무슨 생각을 했기에 웃지?"

"……"

"저런……"

　이 비장은 잠시 말이 없다가 더욱 격렬하게 춘월을 애무하였다. 그러자 춘월의 가느다란 신음 소리가 입 밖으로 새어 나왔다.

　한참을 춘월의 몸을 어루만지던 이 비장은 서서히 춘월의 몸 안으로 자신의 남성을 밀어 넣었다. 그러자 춘월이 몸을 뒤채며 격렬한 신음 소리를 내뱉았다.

　처음으로 맞이하는 남성의 촉감에 춘월은 심장이 멎을 것만 같았다. 그러다가 견딜 수 없는 통증이 춘월에게 몰려 왔다. 아랫도리의 살을 날카로운 무엇으로 도려내는 것 같았다.

　춘월은 자신도 모르는 사이에 비명을 내질렀다. 아픔

과 야릇한 끈끈함이 춘월의 몸 안에서 소용돌이쳤다.

이 비장은 춘월의 아파하는 모습을 바라보면서 잠시 애처로움을 느꼈다. 하지만 그것은 어차피 첫날밤이면 치루어야 하는 의식이었다. 그리고 두 사람은 춘월의 고통을 뒤로 하고 쾌락의 숨가쁨 속으로 들어갔다. 그리고 그 절정 속에서 춘월이 겨우 입을 열어 이 비장을 불렀다.

"나으리, 이 몸을 버리지 마세요."

"너만 변치 마라."

그 말을 듣자 춘월은 갑자기 흐느끼기 시작했다. 일찍기 부모를 여의고 혼자 자라나서 갖은 고생을 겪은 춘월은 이 비장의 말에 그만 감격해지기까지 한 것이었다. 춘월의 고운 눈에서는 감격의 눈물이 주르르 흘렀다.

한참 후에 그 격정적이던 절정의 흥분이 가라앉자 두 사람은 아쉬운 듯 서로의 몸을 오래 끌어안고 서로의 얼굴을 말없이 바라보았다.

한참 동안의 오랜 정적을 깨며 춘월이 먼저 입을 열었다.

"나으리……"

"왜 그러느냐?"

"잠이 올 것 같은데 통 잠이 오지 않네요."

"글쎄, 나도 잠이 안 오는구나."

"나으리."

"왜?"

"그럼 얘기나 해 주세요."

"무슨 얘길 또……"

"아까 하신다고 하셨잖아요. 남의 몸만 망쳐 놓으시고는……"

"누가 누구의 몸을 망쳤는지 모르겠다."

"계집이 사내의 몸도 망치는 수가 있나요?"

"오늘 밤과 같은 경우지."

춘월은 곱게 눈을 흘겼다. 이 비장은 시치미를 떼고 거듭 우겼다.

"아이, 난 몰라."

"망쳐진 몸을 이제 어디다 쓰누."

"나으리."

"으응."

"얘기하시래두요."

"우리 그냥 깨서 날을 새자꾸나. 또 한번 어루만져 주랴."

"아이, 몰라."

이 비장은 춘월의 전신을 다시 힘껏 껴안았다. 춘월이 안간힘을 쓰며 발버둥을 쳐도 이 비장은 이날 밤 두번째로 춘월을 다시 품에 안았다.

흥건한 계곡 위로 질퍽한 실개천이 도란도란 흐르는 것 같았다. 그들은 또 한번 격정의 파도에 몸을 실었다.

"춘월아! 고통스럽지 않느냐?"

"조금요."

"견딜 만하지?"

"네."

"아까 도둑놈 얘기 하신다더니……"

"그건 천천히 얘기하기로 하고, 그전에 허우대 좋은 젊은 총각 녀석의 얘기를 하나 해 주지. 그 총각 녀석이 장가를 가지 않았겠나?"

"그래서요."

"그런데 녀석의 장모란 여인네도 사십을 갓 넘은 유들한 중년 여인이었지. 사위와 장모 사이에는 별의별 일이 다 일어나기 마련이지. 어느 날 딸은 출타하여 늦게 돌아오리라 했고, 밤이 깊어 장모와 사위가 한방에서 자게 되었다네. 그 때가 바로 삼복지경이었던 모양이어서 한 방에 그저 모두 벗고 뒹굴게 되었지. 그리고는 한 밤중쯤 되었던 모양이지. 사위가 갑작스레 계집 생각이 간절하였거든."

"저런……"

"그래 휘휘 둘러보니 어스름 어둠 속에 아내 모습은 없고 장모만 누워서 정신 없이 반은 벗은 채로 쿨쿨 자고 있었단 말이지. 사위가 가만히 생각해보니 안 되긴 했어도 평소에 장모까지 곱게 생각해 오던 터라. 가만히 장모의 자는 얼굴과 모습을 보니 아내와 비슷하기도 하고……"

"원 저런 죽일 놈 봐."

"사위가 생각하기를 아내도 늙어지면 장모와 같을 것이니 장모를 관계하는 것이 아니라 나중에 늙은 아내와 관계하는 셈이라."

"고얀 놈 같으니……"

"그렇게 가정하니 짐짓 흥미로운 생각이 들더란 말이야. 그리하여 몰래 장모 옆으로 기어들어갔지. 장모야 한참 잠에 취해 뭘 알았나. 또 설마 사위가 그럴 줄이야. 사위는 서서히 장모의 몸을 더듬어 들어갔거든."

"원 저런 죽일 놈."

"한참 자던 장모가 무엇이 척척해 오니까 그 때서야 느꼈던 모양이야. 그래 장모가 노발대발했지."

"그러니 그걸 어째요?"

"그래 그 놈이 주춤하고 있는데, 장모도 아직 사십 밖에 안 되었는지라 한편으로 젊은이의 살냄새가 그리워졌거든. 그래도 외면상 그럴 수는 없어 괘씸한 놈 같으니 하고 크게 화가 나서 욕을 하다가 잠시 멈추고 있는데 사위놈이 슬그머니 물러서기 시작한단 말이야."

"그래서요."

"장모가 가만히 생각하니 천재일우의 기회를 놓칠 우려도 있고 하여 사위를 향하여 엉겁결에 '이 놈, 들어온 죄보다 물러가는 죄가 더 큰 줄을 모르느냐!' 호통을 쳤지."

"호호호. 그 사위에 그 장모로군요. 사위는 장모 생각했고 장모는 사위 생각했으니까요."

춘월은 새삼스럽게 이 비장에게 물어보았다.

"그런 얘기들은 모두 어디서 들었어요?"

"내 속에 있던 소리지. 어디서 듣긴……"

이 때 닭이 일제히 홰를 치며 울었다.

"날이 새는가 봐요."

"글쎄."

"아주 밤을 밝히시자 하셨지만 이젠 잠은 다 주무셨어요."

"그랬나?"

"하룻밤에 정신이 그리 없으세요."

"정신은 춘월이한테 전부 뺏겼네. 그런데 품값은?"

"무슨 품값요?"

"얘기 품값."

"다 갚았는걸요."

"무얼로?"

"호호호. 남의 몸을 망쳐 놓으시고."

"망쳤으면 벌써 죽었게."

"죽지는 못하고 다시는 처녀로 되돌아가지 않잖아요."

춘월은 다시 서러운 생각이 들어 흐느껴 울기 시작했다. 이 비장이 춘월의 어깨를 어루만지며 말했다.

"공연히 쓸데없이……"

그러자 춘월이 눈물을 그치며 말했다.

"나으리를 모시니 자연 마음이 싱숭생숭해져서 그러나봐요."

"괜찮다, 춘월아! 우리 이제 그만 잘까?"

"안 주무신다면서요."

"피곤하구나."

"그것 봐요. 날을 밝히자고 하시더니……"

"거의 다 샌 모양이다."

이 때 춘월이 아무데도 가리지 않고 벗은 채로 방장을

걸었다. 그러자 밖이 훤히 밝아왔다.

이 비장이 섭섭하다는 듯이 입을 열었다.

"도적놈 쫓는 얘긴 다음에 와서 하지."

"그럼 아침이라도 좀 드시지요."

"언제 먹을 시간이 있겠느냐?"

이룡은 말을 마치고 자리에서 일어났다. 그러자 춘월이도 황급히 가릴 데를 가리고 옷을 입기 시작했다.

춘월의 벗은 몸 사이로 햇빛이 내려앉자 그녀의 벗은 몸은 더 빛을 발했다. 그야말로 희고 눈이 부신 몸이었다.

이 비장은 벗은 춘월의 몸을 보고 다시 한번 탄성을 내질렀다.

"몸이 정말 좋구나."

"아이, 나으리도……"

"평양 건달패가 다 모일 이유가 있었구나. 오입쟁이들이 네가 내 차지가 된 것을 알면 서운해서 어찌 할까?"

"호호호 나으리도…… 제가 그 동안 오입쟁이들과 사귄 줄 아세요."

이 비장이 춘월의 방에서 나오는데 하룻밤 든 정이 만리장성을 쌓은 모양으로 춘월은 다정했다.

"이별하기 싫으냐?"

"어디 영 이별인가요."

"잠시 이별도 이별이니까."

"어서 가보세요."

그러자 이 비장을 문밖에 내보내는 춘월의 눈에서는

벌써 이슬이 맺혔다.

그 날 아침 늦게 감영에 들어간 이 비장은 동료 비장
들로부터 한없는 조롱을 받아야만 했다. 특히 예방 비장
이 심했다.
"여보게 색시 맛이 어떻든가?"
"……"
"말 못할 게 뭐 있어?"
"……"
"이 사람이 갑자기 꿀 먹은 벙어리가 됐나? 그래 처녀
라고 장담하던 계집이니 확실히 처녀든가?"
예방 비장은 짓궂게 따라다니면서 캐물었다. 그러자
다른 비장들까지 모두 한바탕 웃어제꼈다.
"숫처녀 숫처녀하지만 그년이 무슨 숫처녀였을라구."
"……"
"여보게 우리도 같이 생각 좀 해볼테니 얘기하게."
"……"
"평양 일등 명기를 차지했으니 자네는 평생에 소원이
없겠네. 감사나 부윤의 수청도 거절한 계집인데."
"감사 부윤이 다 뭔가."
"이를 말인가. 그 계집이 제 맘에 싫으면 임금님 수청
은 들을 계집인 줄 아나?"
"그렇고말고."
"그런데 이 비장 수청을 든 것은 무슨 까닭일까?"
"천하 명궁을 알아준 거지."

"저런 땅딸보를?"

"비록 땅딸보라 해도 딱 벌어진 체구야 좀 좋은가."

"그야 그렇지만."

이 사람 저 사람이 한 마디씩 하는 복새통에 한 비장이 춘월의 과거지사를 털어놓았다.

"그 계집이 한량 건달패 가운데 한 놈 하고 죽자 사자 했지만 일은 나지 않았었지."

이 말에 이룡은 귀가 번쩍 띄었다.

"그 놈이 어떤 놈인가?"

이룡이 황급히 물어 보았다.

"자네는 하란 얘긴 안 하고 웬 딴 수작인가."

이룡은 한동안 말이 없었다. 그 모든 비장들의 말 대답을 다 하다가는 한이 없을 것 같았다. 그리고 이룡은 그 난봉꾼 건달패가 누구인지 알고 싶어졌다.

이룡은 비록 춘월이 그 놈하고 아무 관계가 없었다고 하더라도 그 놈을 그냥 두면 앞으로 춘월에게 무슨 일이 벌어질지 몰랐기 때문에 더욱 걱정이 되었던 것이다.

이룡은 선화당의 일을 대충 살피고는 예방 비장을 붙잡고 은근히 물었다.

"그 난봉꾼 건달패가 대체 누군가?"

예방 비장은 턱을 내리쓸면서 짐짓 모르는 체했다. 그러나 이룡의 성화에 못 이겨 그 건달에 대해서 귀띔을 해주고 말았다.

"이름은 김활량이라고 들었네."

"김활량이라. 기운은 좀 쓰는가?"

"좀 쓰지. 허나 대단할 것은 없네."

"그리고……"

"왜 겁이 나는가?"

"내가 겁낼 까닭이 있나. 그런데 그 자는 지금 어디 있는가?"

"떠돌아다니는 놈이었지. 사실 그 자는 그 전 부윤의 생질이었네."

"그전 부윤이라니?"

"평양 부윤 김윤경이라고 하는 자가 있었는데, 천하의 오입쟁이였다네. 그 자의 바로 친조카였어."

"그럼 아저씨 따라 고향으로 갔겠구만."

"그 놈이 의주로 갔다는 소문이 있었지. 왜 그 부윤이 의주 목사가 되어서 갔거든."

"그런가? 그럼 평양에 없겠네?"

"그건 모르겠네."

"왜?"

"떠돌아 다니다가 또 올 수도 있지 않겠나."

"그야 그렇지."

"조심하게, 춘월이를 사이에 두고 싸움 나겠네."

"별소릴 다하는구만."

그 날 이 비장은 춘월이 생각으로 전전긍긍하였다. 그는 그렇게 춘월이 생각을 하면서 밤이 들기를 기다렸다.

드디어 해가 지고 밤이 되니 더 이상 이 비장은 견딜 래야 견딜 수가 없었다.

그는 잠시 견디어 보려는 듯 옷을 벗고 이불을 펴고

자리에 들었다. 그러나 그러면 그럴수록 춘월이 생각이 간절했다. 잠이 올 리가 없었다. 눈 앞에 떠오르는 춘월의 고운 모습 때문에 이 비장은 자꾸 뒤척이기만 했다.

이 비장은 벌떡 자리에서 일어났다. 에라, 늦었지만 가 보자 하고 옷을 대충 걸쳐 입고 춘월의 집으로 달려갔다. 달려가면서도 이 비장의 머릿속은 가득 춘월이 생각으로 충만했다.

'빨리 가 봐야지. 얼마나 노여워할까. 철석 같은 약속을 하고서는…… 이제부터 함께 한집에 살아야지.'

그는 그렇게 생각하며 종종걸음을 쳐서 춘월의 집 대문 앞에 당도하였다.

그 때였다. 춘월의 방 안에서는 도란도란 이상한 말소리가 들려 왔다.

'누굴까? 혹시 딴 서방이라도……? 고얀 년! 그러나 그럴 리가 있나. 어디 동정을 살펴보자.'

그는 도적 모양으로 살그머니 대문 안으로 들어섰다. 도란도란 들리던 소리는 좀더 선명하게 들려 왔다.

분명히 남자의 목소리였다.

"그럴 수가 있느냐?"

"무엇이 그럴 수가 있느냔 말예요."

"나하고도 그 녀석처럼 살을 섞어보자."

사내의 뻔뻔스러움에 이 비장은 피가 거꾸로 올라옴을 느꼈다. 당장 쫓아 들어가고 싶었으나 그는 마음을 가라앉히고 참았다.

그 때 춘월의 비웃는 듯한 목소리가 들려 왔다.

"살을 섞긴 어디다 섞어요."

"그러지 말고……"

"듣기 싫어요."

"그래 이 비장 밖에는 사람이 없느냐. 우리의 예전 정은 어떡하고."

"어서 가세요."

"내 말이 말 같지 않느냐?"

"흥!"

"우리 그 전에는 좀 잘 지냈느냐?"

"흥."

이 때 사내는 와락 달려들어 춘월을 끌어안았다. 이룡에게도 희미한 불빛에 남녀가 끌어안는 것이 선명히 보였다.

저놈을 당장…… 하다가 조금만 더 두고 보자고 이 비장은 문 아래 숨어 그 장면을 지켜보았다.

그 때 아이쿠! 하고 사내의 비명이 들렸다.

"……"

"이러기냐. 정말 이러기냐?"

춘월이 사내의 얼굴을 할퀸 모양이었다. 사내는 화가 치밀어 춘월을 덥쳐 눌렀다. 이 때서야 춘월의 비명 소리가 터져나왔다.

"내 말을 못 듣겠느냐? 한 번만이라도 좋다. 평생 소원이다."

사내가 춘월의 얼굴을 잡아다니고 강제로 입을 맞추려 했다. 그러자 춘월은 사내에게 침을 뱉었다.

사내는 더 이상 참을 수 없다는 듯 춘월에게 더욱 난폭하게 덤벼들었다. 치마가 찢겨 나가고 속옷이 드러났다.

사내는 더욱 욕정이 치받히는 듯 춘월에게 거품을 내물면서 춘월의 속옷을 벗기려 하였다.

춘월은 고함을 내질렀다.

"사람 살려요!"

춘월의 다급한 목소리가 들려 오자 이룡은 벌떡 일어나 방문을 힘껏 밀어쳤다. 그러자 방문이 부서지며 그 사내의 모습이 드러났다.

불의의 습격을 당하자 사내는 춘월의 몸에서 떨어지며 이룡에게 발길을 날렸다. 그러나 이룡은 한옆으로 발길을 슬쩍 피하면서 그 발길을 한 손으로 잡고는 사내를 내던져버렸다.

사내는 쿵 하고 방바닥에서 나가떨어졌다. 이룡의 불호령이 쓰러진 사내에게로 무섭게 떨어졌다.

"대관절 웬 놈이냐?"

"그러는 너는 웬 놈이냐?"

사내는 쓰러져서도 그렇게 반문하고는 벌떡 일어나 이 비장의 가슴을 무지스러운 주먹으로 힘껏 갈겼다.

이 비장은 하마터면 한 대 맞을 뻔하였으나 얼른 가슴을 한 옆으로 비키며 그 자의 옆구리를 발길로 세게 걸어찼다.

그러자 그 사내는 문 밖으로 쿵 하고 떨어졌다. 이룡은 문밖으로 떨어진 사내에게 매섭게 호통을 쳤다.

"이런 건방진 놈! 그래 어디 한번 덤벼 봐라."

"이런 낭패가 있나. 오늘은 이만 돌아가나, 어디 두고 보자."

쓰러진 사내는 분하다는 듯이 치를 떨었다. 그러나 이룡을 더 이상 상대할 수는 없었던지 '오늘은 이만 돌아간다. 어디 두고 보자' 라는 말을 남기고 깊은 밤 어둠 속으로 도주하고 말았다.

먼동이 틀 때까지

한바탕 질풍 같은 소요와 분란이 지나간 후 춘월의 집은 다시 고요해졌다. 소란 뒤에는 언제나 정적이 찾아오기 마련이었다. 그 정적을 뚫고 어디선가 소쩍새의 울음소리가 들려 왔다.

두 사람은 방으로 들어와 한동안 말이 없었다. 춘월이 먼저 원망서린 어조로 이룡을 불렀다.

"나으리……"

춘월의 눈에는 눈물이 그득 하였다.

"춘월아."

이룡도 잠시 말이 없다가 힘들게 춘월을 불렀지만 어쩐지 말을 할 수가 없었다. 얼마 동안 그렇게 말없이 앉아 있다가 다시 춘월을 불렀다.

"춘월아."

"네. 나으리."

"내 허락 없이 사내놈을 왜 이 방에 들였느냐?"

"……"

"왜 말이 없느냐?"

"나으리, 그 말씀만은 묻지 마세요."

"무슨 이유냐?"

"나으리는 입이 열 개 있어도 하실 말씀이 없으실 거예요."

"그건 왜?"

"오신다 하시고 안 오시는 법이 어디 있어요."

"안 오긴 왜 안 와."

"그렇게 늦게 오실려면 누구든지 오지요."

"잘못했다."

춘월은 잠시 밖으로 나가서 술상을 보아 왔다. 그런데 이룡이 춘월의 얼굴을 자세히 보니 여러 군데 찢기고 할퀴어져 있었다.

이룡은 춘월을 잠시 측은하게 바라보았다. 춘월의 얼굴이 상한 데에는 이룡의 잘못이 더 컸던 것이었다. 이룡이 혀를 끌끌 차며 말했다.

"원 미련한 것 같으니라구. 그래, 그 놈의 요구를 좀 들어주지 그랬느냐?"

"누구를 화냥년으로 아세요. 아무리 절 위한다고 하는 말씀이시나 그런 말씀은 마세요."

"야, 무섭구나."

"계집이 한을 품으면 오뉴월에도 서리가 내린단 말을 모르세요."

"네가 아주 독부(毒婦)인가 보구나."

"정조를 지키는 여자가 모두 독부인가요?"

"그렇다는 말이 아니야."

"그럼 뭐예요?"

"왜 자꾸 캐느냐?"

"캐지 않게 됐어요."

"그만 두자."

"나으리, 또 이렇게 밤 늦게 오시겠어요? 그 건달이 또 오면 어떡해요. 나으리, 내일부터는 나으리 곁으로 가 있겠어요."

"그걸 내 맘대로 할 수가 있나. 어디 생각해 보자."

"생각이라뇨. 이제 나으리와 떨어져서는 못 살겠어요."

"술이나 따르거라."

"나으리, 일찍 자리에 드실까요?"

"왜? 사내 생각이 간절하냐?"

"나으리두."

춘월은 술상을 치우고 이부자리를 폈다.

"어째 한바탕 뛰었더니 노곤하구나."

두 사람은 이불 속으로 들어가 함께 누웠다.

이룡은 춘월을 살며시 끌어안았다. 그러자 자연 또 딴 생각이 나는지 춘월을 어루만졌다. 춘월은 부끄러운지 몸을 살짝 뒤채며 이룡을 밀쳐냈다. 이룡은 춘월이 그럴 수록 더욱 안고 싶어졌다.

춘월은 이룡이 어젯밤처럼 자신을 품으려 하자 얼른 이룡이 어제 해 주기로 한 얘기가 떠올랐다.

"나으리, 어제 도적 쫓는 얘기를 해주신다고 하셨잖아요."

"듣고 싶으냐?"

"예."

"그럼 얘기 값은 치뤄야 하느니라."

"아이, 몰라요."

이룡은 춘월을 자신의 품에 안기 위하여 또다시 얘기를 시작했다.

"예전에 돈깨나 쓰고 사는 내외가 있었더란다. 그 내외는 꽤 잘 살았던 모양이야. 그런데 나이 사십이 다 되도록 일점 혈육이 없었더란 말이야. 그래서 마누라를 하나 더 얻을까도 생각해 봤는데 우선 점장이한테 점을 쳐 봤지. 아들을 낳겠는가 못 낳겠는가 하고 말이야. 용하다는 점장이를 찾아가 점을 쳤더니, 이윽고 점장이가 점괘를 보다가 무릎을 탁 치면서 말하기를 '됐어 됐어' 하면서 그 부인을 외딴 곳으로 데려가서는 그 놈을 한꺼번에 넣으면 된다고 일러줬지.

"그 놈이라뇨?"

"남자의 그것을 말이지 뭐겠는가."

"그게 될까요?"

"그게 될 리가 있나?"

"그래 그것을 한꺼번에 넣어야 아들이 된다구요?"

"그럼."

"저걸 어째."

"그래서 부부가 심사숙고한 끝에 드디어 그 놈을 한꺼번에 집어 넣기로 했지. 어느 날 저녁 그 아들을 낳는다는 일을 시작하였거든. 그런데 아무리 기운을 써야 그게 될 턱이 없지. 애를 무진 쓰다가 그 날은 실패하고 말았지. 그 이튿날, 부부가 고기도 많이 먹고 초저녁부터 대문 닫아 걸고 일을 시작했지. 그런데 마침 그 집이 밥술은 먹는지라, 도적놈 두 놈이 그 집 담을 엿보다가 그것이 한 알 들어가는데 성공하였을 때 한 놈이 겨우 높은 담을 뛰어 넘었거든. 그러자 쿵 하고 소리가 났지. 그 때 마침 그것이 한 알 들어왔으니까 그 부인이 하도 반가워서 '이제 한 놈 들어왔소!' 하고 고함을 질렀지. 그러니 그 도적놈이 그만 나 살려라 하고 도망칠 수밖에. 그래서 부부는 도적놈을 힘 안 들이고 내쫓았지. 그런데 마저 한쪽이 들어와야 되는데 그것이 어디 쉬운 일인가. 그후 매일 고생 고생 하였으나 번번히 실패하고 말았지. 그러던 어느 날, 또 초저녁부터 그 짓을 하는데 그게 어디 쉬워야 말이지."

"큰일이군요."

"큰일이구말구."

"끝까지 안 됐나요."

"되기야 됐지. 그런데 마침 그 전의 도적놈들이 생각하기를 '그 집에 틀림없이 뭔가가 있으니 오늘 한번 더 가 보자' 그렇게 의논이 되었거든. 그래서 도적놈들도 초저녁부터 준비를 단단히 하고 그 집으로 달려들었지. 그래 워낙 담이 높은 집이라 두 놈이 한꺼번에 들어가는데 그게 어디 잘 되야지. 도적놈들도 필사적으로 그 높은 담을 뛰어 넘으려고 사다리까지 구해 와서는 한꺼번에 두 놈이 담을 뛰어 넘게 되었지. 쿵! 하고 소리가 나는 순간이었지. 바로 그 순간에 방안에서도 두 쪽을 한꺼번에 넣는데 성공하였거든."

"호호호."

"그러니 부인이 그냥 조용히 있을 리가 있나. 크게 환성을 지르며 '이번엔 한꺼번에 두 놈이 다 들어왔어!' 하고 외쳤지. 그러니 그 때 도적놈들이 그 소리를 듣고 실로 간담이 서늘했거든. 두 놈이 한꺼번에 들어왔다는 것까지 아는 사람이 있는 한 도저히 들어가서 도적질을 할 수 없을 것 아닌가."

"그렇지요."

"그리하여 그 놈들은 어이쿠 무서워 하고 줄행랑을 칠 수밖에."

"아이, 재미있어라."

"재미있나?"

"그런데 그게 가능했을까요?"

"그럼, 우리도 한번 시험해 볼까?"

"아이, 망칙해."

"부부는 공교롭게도 도적놈까지 쫓고, 비록 쫓은 줄은 몰랐지만, 하여간 부부는 이제 자식을 보게 됐다고 생각하니 얼마나 기뻤겠나?"

"말할 수 없었겠지요."

"가히 일거양득이지."

"어쩜 꼭 그렇게 들어맞었을까요."

"신통하지. 우리도 언제 한번 해볼까?"

"아이, 참."

"왜 부끄러워? 힘 안 들이고 도적놈 쫓는 법이란 그런 것이란 말야."

"아이, 나으리두. 호호호."

"내가 오늘 먼저 와 있었으면 아까 그 도적놈을 그냥 쫓을 것을……"

"호호호."

"왜 자꾸만 웃느냐?"

"나으리가 좋아서요."

어느덧 닭이 여러번 홰를 치고 울었다. 이 비장의 얘기는 시간 가는 줄도 모르고 계속되었다.

봄밤은 그렇게 청춘 남녀가 함께 지새우기에는 짧은 밤이었다. 이 비장은 얘기를 마치고 춘월을 안고는 다시 격정의 파도에 몸을 적셨다.

먼동이 훤히 터올 때에야 그들은 깊은 잠 속으로 찾아들 수 있었다. 그것은 사랑의 쾌락 뒤에 오는 휴식이었다.

인륜도 마다하다

　이룡은 색향 평양에서 그많은 기생 가운데 춘월을 손에 넣고 꿈같은 세월을 보냈다. 이룡이 가는 곳엔 반드시 춘월이 뒤따르고 있었고, 춘월이 있는 곳엔 반드시 이룡이 붙어 있었다. 두 사람은 이제 떨어질래야 떨어질 수 없는 사이가 되고 말았다.

　이룡과 춘월이 원앙의 꿈을 꾸면서 매일같이 붙어 지내는데 그들의 행복한 사랑에도 파탄이 오게 되었다. 이룡이 평양을 떠나야 했기 때문이었다. 하늘도 그들의 사랑을 시기하고 있었는지 몰랐다.

　그 때 평양 부윤으로 새로 부임한 자가 있었는데 그는 강계 부사를 역임하고 평양 부윤으로 도임한 어성중이라는 자였다.

그는 본시 문인이었으나, 싸움에 출중한 지략을 가졌으므로 나라에서 그를 강계 부사로 임명하였다.

그러나 그의 선조는 색을 밝히기로 유명한 어씨 일족이었다. 그도 선조들의 유업을 계승하는데 있어 조금도 모자라지 않았으니, 그것은 그의 선천적 기질 때문이었는지 몰랐다.

그가 한양에서 벼슬길에 오르는 일부터가 하나의 색도로 말미암아 이루어지게 되었던 것이었으니, 그것은 정경 부인 난정과 몰래 정을 통하고 나면서부터였다.

그리하여 난정의 후원 아래 그에게 강계 부사로 임명한다는 특지가 내리게 되었다. 이리하여 그는 강계에서 북쪽 국경을 지키면서 부사의 위엄과 권력으로 무수한 엽색을 자행하였다.

그는 연일 기생 수청을 갈아대는 걸로 낙을 삼았다. 그러한 위인이었으므로 강계에서는 백여 명의 여자들이 그에게서 몸을 더럽히게 되었다.

그러나 그만 하였으면 여색에 물릴 만도 한데 그는 더욱 색을 밝히기만 했다. 그는 장부에게 있어서는 여색을 즐기는 것이 가장 큰 사업이라고 생각했다. 그것이 바로 영웅이 할 일이며, 그래서 옛사람들은 영웅은 반드시 색을 좋아하게 마련이라는 말을 무슨 신조처럼 여겼다.

그는 평양에 가기만 하면 수많은 평양 기생들을 하나도 빼놓지 않고 관계하리라고 결심을 하였다.

그가 강계 부사로 있으면서 산삼이며, 호피를 비롯한 좋은 특산물을 한양의 정경 부인 난정에게 갖다 바치기를 수차례 하자 드디어 평양 부윤으로 자리를 옮기는데 성공하였다.

그는 평양 부윤으로 부임하기 전부터 치밀한 엽색 계획을 세워두고 있던 터였다. 그러한 어성중이었던 만큼 그가 평양으로 부임하자 곧 엽색 행각에 몰두하게 되었다. 이러한 자가 부윤으로 부임하자 백성들의 걱정과 원성은 날로 커갈 수밖에 없었다.

"새 부윤이 호색가라며, 벌써 부임한지 한 달도 안 되었는데 결단난 기생이 오십여 명이나 된다는구먼."

"결단나다니, 당하면 당했지 결단이 뭔가?"

"한번 관계하고 나면 그만 결단난다는 거야. 그 놈이 커서 말이야."

"원 저런, 야단났구먼."

"이 사람아, 야단 정돈가. 색향 평양에 이제 계집이 씨가 마르게 생겼는데."

"이거 정말 큰일났구먼. 도대체 암행어산가 하는 놈들은 무얼 하나?"

"그 놈들이 알 게 뭐야."

"하여간 큰일났어."

"큰일이고말고. 하여간 이번 부윤이 이 년 있게 되면 야단이야."

"벌써 야단은 났는걸."

"그야 그렇지만……"

평양 백성들은 대부분 이렇게 중얼거리는 것이었다.

그러한 호색한 부윤이 부임한지도 어언 석 달이 지났

다.

그는 부임하자 그날 밤으로 수청 기생을 셋이나 바꾸었다. 색향 평양에 와서 기생 수청을 맘대로 못 들게 할까 하는 것이 그의 생각이었다.

그는 기생들과 한번 관계를 갖고는 별미가 아니라는 트집을 잡고는 엉덩이를 철썩 하고 쳐서 내쳤다.

이 날 형방이 이방에게 자못 걱정 어린 투로 말하였다. 형방은 모든 기생들을 관할하는 직책이었기 때문이었다.

"여보게 큰일났네. 어쩌면 좋은가."

"이거 다 늦게 임자 만났네. 허나 어떻게 하나. 할 수 없지."

하여간 새로 부임한 어성중은 그러한 자였다. 그가 부임한지 석 달 동안은 실로 부윤 관가가 요란하기 이를 데 없었다.

그는 이제 관가의 기생들을 모조리 결단내고 관외의 기생들에게 눈을 돌리게 되었다. 사태가 이러하니 어성중은 소문으로 듣던 이 비장의 애첩 춘월을 한번 품어 보려고 무척 혈안이 되어 있었다.

어씨라고 해서 모두 황음무도한 것은 아니었다. 개중에 몇몇 어씨가 황음무도하였으므로 어씨 문중이 그런 구설을 듣는 것이었다. 단지 그 몇몇 황음무도한 어씨 가운데 어성중이란 자가 끼여 있어서 그런 것뿐이었다.

그의 황음은 이미 마음 속에서부터 계획되었던 것이지

만, 그가 부임한 석 달 동안 실제로 저지른 모든 악행은 놀랍기만 했다.

그가 춘월이를 수중에 넣어 보려고 하기까지 행사한 모든 비상한 방법들은 참으로 말로는 표현할 수 없는 거북한 내용들이었다.

그 모든 계획을 알아서 실행하는 것은 그의 특별한 보호를 받고 있는 박 형방이라는 자였다.

어성중의 탐색 사업은 실로 폭군 연산군을 방불케 했다. 실제로 연산군이 행했던 모든 행동을 자신도 한번 해보아야겠다는 것이 어성중이 꿈꾸고 있는 새로운 엽색 태도였다.

그는 이제 거의 광인에 가까운 위인이 되어버리고 말았다. 어떻게 하면 멋진 계집과 그짓을 해볼 수 있을까? 하는 것이 그의 일상 생각이었고 어떻게 상상 이상의 비상한 수법으로 그 짓을 실행해 보느냐? 하는 것이 그의 새로운 각오였다.

'연산군은 말들이 히힝 하고 암컷에게 덤비는 것을 보고 콩을 방안에 뿌려 꽃 같은 궁녀들을 발가벗기어 콩을 주워 먹게 하고 그 엎드린 궁녀들에게 히힝 소리를 지르며 덤벼들기도 했다는데……'

그는 어느 날 이러한 생각을 하고 박 형방을 불러 콩을 한 되 볶게 했다. 그리고는 그날 밤 소원이, 단심이, 일지매, 국화, 매향 등의 다섯 기생을 불러 한꺼번에 수청 들게 했다.

밤이 깊어지자 기생 다섯이 그의 방안으로 들어왔다.

"오늘 밤 너희들은 모조리 내 수청을 들어야 한다."

"어머나, 한꺼번에 어떻게 수청을 듭니까?"

"너희들은 내 명령대로 거행하여라."

"사또! 방안에 웬 콩들을 모두 흘렸습니까?"

"그건 이유가 있으니 모두 한꺼번에 옷을 벗어라."

"죽어도 못 하겠습니다. 그런 법이 어디 있습니까? 저희들은 사람이 아닙니까?"

기생들은 저마다 거부감을 표시하며 한마디씩 했다.

그러자 어 부윤의 노기를 띤 목소리가 방안을 뒤흔들었다.

"내 명령을 거역한다면 무슨 벌이 너희들 몸에 떨어진다는 것쯤은 잘 알고 있으렷다."

"……"

"……"

그 말엔 모두 몸서리가 쳐지는 모양이었다. 모두들 한동안 말이 없었다.

한참만에 그중에서도 나이가 제일 지긋한 일지매가 여러 기생들에게 눈짓을 하고 모두 말 없는 가운데 묵묵히 옷을 벗기 시작했다.

한번 흥포한 성질이 일기 시작하면 무서운 형벌을 맘대로 행하는 부윤임을 너무도 잘 아는 일지매였기 때문이었다. 일지매도 일전에 무서운 형벌을 당하고서야 부윤의 수청을 들었던 것이었다.

일지매가 옷을 벗기 시작하자 부윤의 성난 심경은 차츰 가라앉기 시작했다. 그리고 모두들 따라서 옷을 벗기 시작했다.

"오오, 아름답고 곱구나. 모두 밉게만 보이더니 오늘 저녁은 모두 고와 보이는구나."

어 부윤은 한번 수염을 쓰다듬은 후 한바탕 칭찬을 마지 않았다. 그는 희고 고운 살결들을 한참 바라보고 나서 입을 열었다.

"이제 다들 벗었느냐? 모두 엎드려 방을 네 발로 기어라. 두 팔을 바닥에 짚고 짐승 모양으로 기면서 콩들을 히힝 소리를 내며 주워 먹도록 하여라."

그 때 단심이가 토라지며 한껏 불평어린 목소리로 말하였다.

"곤장을 맞아도 그짓만은 못하겠습니다."

그 때 일지매가 얼른 눈짓을 하고 단심을 말렸다.

어성중의 표정이 잠시 일그러졌다. 그러나 일지매의 행동에 적이 안심이 되어 흐뭇한 눈으로 그 광경을 다시 지켜보았다.

어성중도 옷을 따라 벗기 시작했다. 우선 관복부터 시작하여 차례차례 아래 웃옷을 모조리 벗었다. 그러자 그도 한 마리의 완전한 동물이 되었다.

다섯 마리 암컷들은 히히힝 소리를 내며 방바닥을 기어다녔다. 어성중이 그 모양을 바라보고 있다가 만면에 웃음을 머금으며 말했다.

"훌륭해. 그렇게 하니 말들과 비슷하군. 눈같이 흰 말들이야. 벗고 엉금엉금 기어다니니까 동물과 조금도 다름없어. 허나 꼬리만 달렸더라면 동물과 조금도 다름이 없으련만."

어성중은 그렇게 생각하고 다시 박 형방을 불렀다. 그러자 얼마가 지나지 않아 형방이 문밖에 대령하였다.

"소인 문밖에 대령했습니다."

"응, 잘 왔네."

"무슨 분부시온지."

"계집의 달비(머리칼을 밴 것)를 큰 것으로 다섯 개만 구해 오게."

"이 밤에 달비가 어디 있겠습니까?"

"잔말 말고 어디서든지 구해 와."

형방은 천신만고 끝에 여자의 달비 다섯 개를 한참만에 구해왔다.

"여기 마련하여 대령하였습니다."

"오, 수고했네."

"……"

형방은 문 틈으로 사또의 하는 짓을 들여다보았다. 사또가 그 달비들을 다섯 마리의 발가벗은 기생들에게 나누어 주었다.

"달비를 모두 노끈으로 항문께에 달아 매어라."

"후후훗."

기생들이 더 이상 웃음을 참지 못했다. 아까부터 부윤의 호령 앞에 참고만 있던 웃음들이었다.

"이런 고얀 년들, 웃기는 왜 웃느냐. 이젠 모두가 기어다니며 콩알들을 주워 먹어라."

어느 명령이라고 거역하랴. 달비를 엉덩이에 매어 다

니 완전히 말들이었다. 기생들이 히히힝 히히힝 하면서 기어다니니까 그것은 정말로 말의 무리가 분명한 듯이 느껴졌다.

어 부윤은 자못 만족하지 않을 수 없었다.

"내 오늘따라 왜 이리 몸이 과도히 흥분하는고."

그는 그렇게 중얼거리며 히히힝 하고 고함을 지르며 전라의 기생들에게 거칠게 덤벼들었다.

문 틈으로 그 광경을 뚫어져라 쳐다보고 있던 박 형방이 입맛을 다시며 속으로 생각하였다.

'근사한 풍경이다. 우리 사또는 명사또야. 기생들도 좋아하는구면. 그년들이 공연히 처음엔 무슨 곤장을 맞아도 못 하겠느니 하옥을 하여도 못 하겠느니 하더니, 경을 칠 년들 같으니라고, 속으론 좋으면서.'

이 때 방안에서는 어성중이 말 모양으로 기어다니다가 드디어 살집이 희멀겋고 얼굴도 가장 예쁜 일지매를 소타듯이 올라타 버렸다.

그 순간 일지매는 수컷을 맞이하는 암컷 모양으로 지극히 웃으면서 환대하였다. 어성중은 일지매에게 올라타 한참 동안을 괴성을 내지르며 그 짓을 했다. 그리고는 그만 몸을 훌쩍 솟구치더니 다른 기생에게 그런 모양으로 덤벼들었다. 실로 어성중은 여자에게 미쳐버린 위인이었다.

한 사람씩 돌아가면서 모두 결단을 내버렸다. 그의 이마에 구슬 같은 땀방울이 방울 방울 맺혔다.

그는 계집의 무리들과 말들의 성 행위와 똑같은 상관

을 하여 본 것에 만족해하며 입가에 웃음을 머금었다.

"그래 너희들도 싫지는 않았겠지."

"……"

"왜 대답이 없느냐?"

"너희들도 좋았으렷다."

"……"

"원 저런 발칙한 년들이 있나?"

"후후훗……"

"웃기는 왜 웃느냐! 이년들이 좋기는 좋은 모양이구나."

매향이가 있다가 어성중의 말에 대답하였다.

"쉰네들이 꼭 암말 같아서 웃었사옵니다."

"오오, 그말 참 잘 한다."

그 소리에 또 기생들은 일제히 웃어제꼈다. 그 때 어부윤이 다시 명령하였다.

"한 년씩 내 앞으로 나오너라."

그 소리가 떨어지자 맨 처음으로 일지매가 다가왔다. 어성중은 일지매의 불기짝을 철썩 갈기었다. 그리고는 옷을 입도록 하는 것이었다.

"또 한 년 내 앞으로 오너라."

이번엔 다른 기생이 그 앞에 엉덩이를 들이밀었다.

"오냐, 너도 옷을 입어도 좋다."

어성중은 모조리 그렇게 엉덩이를 한 번씩 쳐서는 옷을 입게 했다. 그리고 얼마 지나지 않아 첫닭이 홰를 쳤다.

따뜻한 봄날 아침, 평양 부윤 어성중은 노곤한 몸을 일으키고는 형방을 불렀다.

"사또, 부르셨습니까?"

"오냐?"

"무슨 분부시온지."

"날이 왜 이리 화창한고……"

"그러기에 말이옵니다."

"그래, 오늘은 묘적암 행차를 해야겠다."

"……"

"왜 말이 없느냐?"

형방은 난감하지 않을 수 없었다. 박 형방이 형방으로 지내는 동안 지금처럼 곤혹스런 상황에 빠진 적은 없었다.

묘적암이란 모란봉 뒷편에 있는 여승들의 암자였다. 부윤은 이제 묘적암 여승들을 한번 건드려 볼 심산이었던 것이다.

"준비는 다 되었겠지?"

"……"

"빨리 차비를 차려라. 묘적암으로 가야겠다."

부윤은 탐욕스런 입을 벌리고 한번 씽긋 웃고는 행차 준비를 일렀다. 박 형방이 난감한 표정으로 하는 수 없다는 듯 부윤에게 아뢰었다.

"행차 준비 다 되었습니다."

사령과 포교 등 수십 명이 호위를 하고 모란봉 묘적암

으로 부윤 행차가 시작되었다.

이를 바라보던 평양 백성들은 손가락질을 하면서 쑤군거렸다.

"부윤 행차가 묘적암으로 갔어."

"야단 났군 그래."

"여승들이 안 됐구먼."

"아무리 그렇기로서니 여승과 관계할까?"

"흥! 부윤을 모르는 말이로군. 그 자가 평양 부녀자는 모조리 버려놓게 했네. 어디 기생뿐인 줄 아는가."

"지금쯤 묘적암은 큰일이 벌어졌겠지."

"아무렴, 이번엔 여승들이 봉변을 당할 거야."

"묘적암엔 고운 여승들이 많다지."

"한양 민 판서의 맏딸도 거기 출가하여 비구니가 됐다지, 아마."

"오라, 그거 야단났군."

"민 판서 딸은 왜 출가승이 됐나?"

"사연이 복잡하다네."

"대체 무슨 이윤가?"

"소녀 과부라네. 시집 가던 날 밤에 신랑이 원인 모르게 죽었거든."

"원, 저를 어째."

"그래서 그 딸은 그만 출가하여 중이 되었지."

"평양으론 왜 왔지?"

"본시 한양에 있는 승방으로 가서 중이 되었는데 그 스승인 원묘라는 여승이 이곳 묘적암으로 주지가 돼 왔거든."

"그래서 이곳까지 따라왔구먼. 지금쯤은 묘적암이 난리가 났을텐데, 쯧쯧."

평양 백성들이 이런 말들을 지껄이고 있을 때 부윤 어성중은 모란봉 고개를 서서히 올라가고 있었다. 고요한 묘적암이 그 순간 갑자기 술렁거리기 시작했다.

"사또 행차시다."

묘적암의 원묘 스님은 벌써 새 사또의 성품을 잘 아는지라 미리부터 걱정하고 발을 동동 구르고 있었다.

그러나 원묘 스님은 겉으로는 걱정을 감추고 사또에게 나아가 정중히 인사를 올렸다.

"너희 절에 온 것은 내가 까닭이 있어 왔느니. 내 말을 잘 듣고 순응하여라."

"무슨 말씀이온지?"

"다름이 아니라……"

"……"

"너희 절에 고운 여승 아이들이 많다고 해서 내가 한번 구경차 나왔다."

"네?"

"귀가 먹었느냐?"

"황송하옵니다."

"고운 상좌 아이들은 다 어디 있느냐?"

"고운 여승 아이들이 어디 있습니까?"

"잡아 떼지 마라. 여봐라!"

부윤은 즉시 형방을 불렀다.

"형방, 이 절안에 있는 나이 사십 미만된 여승들을 한 방에 모아 놓아라."

"네이, 분부대로 거행하겠습니다."

그 때 원묘 스님이 얼굴이 새파랗게 질리며 부윤을 다급하게 불렀다.

"사또께서는 백성을 다스리시는 어른으로서 대체 이게 무슨 일이옵니까?"

"오냐, 내가 너희들의 소원을 알고 있기에 그 소원을 풀어주려고 왔느니라. 너희들은 생각해 보아라. 인간으로 태어나서 부부의 즐거움을 모르고서야 무슨 인간 값을 한다고 하겠느냐?"

"……"

"가만히 생각해 보아라. 부처도 야수다라 라는 고운 부인이 있었느니. 그리하여 내가 너희 절에 온 것은 너희 젊은 여승들이 꿈에 그리워하는 남성의 맛을 흠씬 보이기 위하여 친히 일부러 찾아왔으니, 너는 이 절의 책임 있는 중으로서 나의 충정을 십분 이해하기 바란다."

"……"

"왜 말이 없느냐? 마음에 합당치 않느냐? 어디 좋은 의견이 있으면 말해 보아라."

그 때 원묘 스님은 그 늙은 몸을 부들부들 떨기 시작했다. 그리고는 눈물을 흘리기 시작했다.

다른 방에서는 포교들이 젊은 여승들을 한곳에 모으느라고 시끄럽게 떠들며 일대 난장판을 만들었다. 젊은 여승 아이들은 안간힘을 쓰면서 강제로 한곳으로 휘둘려졌다.

고요하던 절간이 갑자기 아수라장이 되고 말았다.

"부처님도 무심하시지."

"나무 관세음 보살."

중들은 모두들 탄식하였고 또한 신불을 외웠다. 그러나 지나가는 폭풍우 앞에 흩어지는 늦은 봄, 낙화들을 제 자리에 그냥 있게 할 수는 없었다.

꽤 큰 방안에 십오륙 명의 젊은 여승들이 몰려 웅크리고 앉아 있었다. 머리는 칼로 밀어서 이마와 머리가 반들반들하였다.

그 반들반들한 여승들의 머리와 함께 그들의 얼굴 빛도 하얗게 윤이 흘렀다. 그들은 젊은데다가 부부 생활을 하지 않기 때문에 살결이 더욱 윤기가 흘러 넘쳤다. 그들의 눈동자도 맑고 고요했다. 그러나 그들의 눈에 지금은 겁에 질린 표정이 완연히 나타나고 있었다.

그중 한 여승이 한숨을 내쉬었다. 그러자 모두 한숨 쉬는 소리가 방바닥이 꺼져라 하고 들려 왔다.

그러나 그 중에서도 한 젊은 여승은 그다지 겁도 내지 않고 떨지도 않고 있었으니 바로 한양 민 판서의 딸이었다.

그 때 밖에서 사또가 행차함을 알리는 소리가 들려 왔다. 부윤은 뚱뚱한 몸집에 개기름이 흐르는 얼굴로 방문을 열고 안으로 들어왔다.

방안은 갑자기 물을 뿌린 듯 조용하였다. 부윤은 눈짓을 하여 부하 포졸들을 밖으로 쫓은 다음 여승들을 한바퀴 둘러보았다.

"으음, 모두 고운 얼굴들이로구나. 모두 나를 쳐다보아라."

부윤은 사뭇 능글맞게 말하였다. 여승들은 무슨 징그러운 뱀이라도 본 듯이 몸들을 움찔거렸다.

"너희들은 듣거라."

부윤의 무서운 호령이 그들의 간담을 더욱 서늘케 하였다.

"모두 옷을 벗어라……"

"……"

"옷들을 벗지 못하겠단 말이냐. 사령들을 시켜 강제로 옷을 벗기기 전에 속히 옷을 벗도록 하라."

"……"

부윤이 사령들을 부르려고 할 때였다. 여승들 중에서 제일 나이 많은 듯한 자가 쫓기듯 부윤을 불렀다.

"사또……"

"무엇이냐?"

"소승이 혼자 사또를 모시겠사오니 여기 이 애들은 모두 놓아주소서."

"으음, 그 말도 그럴 듯하다만은 하여간 일단 옷들을 모두 벗어라."

여승들은 저희들끼리 수군거리며 들썩였다. 그 때 아까의 그 다소 늙은 중이 홀홀 옷을 벗기 시작하였다.

이제 더 이상은 버틸 수 없다고 체념한 여승들도 따라 옷을 벗었다. 반들반들한 까까머리들이 옷을 모조리 벗으니 참으로 기이하기도 했지만 모두 성숙한 여인들인지라 흐늘흐늘한 곡선들이 제법 볼품이 있었다.

"오오, 됐다 됐어. 그래, 모두 훌륭하구나."

부윤은 감탄하듯 탄성을 질렀다. 십오륙 명의 젊은 여승들이 모조리 옷을 벗으니 꽤 볼품이 있었다. 다만 머리카락이 없는 것이 다소 보기 흉할 뿐이었다.

그런데 그 중 한 비구니만이 옷을 단정히 입은 채 고요히 염주를 헤며 앉아 있는데 그 모습은 마치 빛나는 옥구슬과 흡사하였다. 실로 아름다울 뿐만 아니라 고귀한 풍모가 그를 둘러싸고 맴돌았다.

"너는 어찌 옷을 벗지 않느냐?"

"……"

"빨리 옷을 벗지 못할까?"

"……"

"고약한지고! 너는 무얼 믿고 안 벗는다는 말이냐. 빨리 벗지 못할까?"

방안은 일순간 긴장감이 맴돌았다. 그 때 벌거벗은 여승 하나가 말하였다.

"그 분은 민 판서님의 따님이십니다."

"뭐야, 그게 정말이냐?"

"거짓말 할 리가 있사옵니까?"

"으음……"

부윤은 사못 못마땅한 듯 밖을 향하여 호령하였다. 그러자 즉시 박 형방이 대령하였다.

"박 형방은 저 계집이 민 판서의 딸인가 아닌가를 확

실히 알아보고 오너라."

"분부대로 거행하겠습니다."

형방이 총총히 물러갔다. 어 부윤은 흥분하던 색정이 금시에 얼어버리는 듯하였다.

그는 민 판서 라는 말에 가슴이 철렁하였던 것이다.

방안은 조용하다 못해 적막이 흘렀다. 부윤은 얼굴이 푸르락 누르락 하다가 밖에서 형방이 자신을 부르는 바람에 정신을 차렸다.

"사또 아뢰오."

"그래, 어찌 되었느냐?"

"알아본 결과 민 판서 대감의 따님이 맞사옵니다."

"그게 정말이냐?"

부윤은 안색이 변하여 그 여승에게 언제 그랬냐는 듯 공손히 말했다. 그는 그보다 큰 권력 앞에서는 어쩔 수 없었던 것이다.

"내 잠시 그대를 못 알아 보았으니, 그대만은 이 방에서 나가도 무방하겠소."

이에 그 젊고 아름다운 여승이 밖으로 나가는데 다른 벌거벗은 여승들이 부러움과 질시의 눈으로 그를 바라보았다.

부윤은 또다시 위엄 있는 어조로 여러 여승들을 바라보며 호령하였다.

"너희들은 이제 듣거라. 내가 너희들을 낱낱이 수청들게 할 테니 너희들의 생각은 어떠하냐?"

"……"

"왜 대답을 못하느냐? 너희들이 나를 우습게 보는 모양이구나."

그는 잡아먹을 듯이 눈을 크게 부릅 떴다.

"이제부터 한 사람씩 내 앞으로 오너라."

그러나 한 사람도 그 앞으로 나가지 않았다.

"너희들이 나를 멸시하는구나."

마침내 부윤은 얼굴을 붉히며 을러댔다. 그렇지 않아도 민 판서의 딸 때문에 자존심이 상할 대로 상한 그였다.

"너희들이 나를 멸시하면 나도 방법은 있느니. 사령들을 시켜 너희들을 모조리 욕보이고 말겠다."

이에 그 중에서 제일 나이 많은 비구니가 그 앞으로 걸어 나왔다.

"사또…… 저 하나만 상관하시고 모두 풀어 주십시요."

부윤은 매몰차게 한마디로 거절했다.

"그럴 수는 없다."

여승들의 수난

그 날 한나절부터 시작한 부윤의 비구니 겁간은 저녁 무렵이 되어서야 거의 끝이 났다.

부윤은 말할 수 없는 음란을 그들 여럿의 눈앞에서 자행하였다. 그중에는 숫처녀도 있어서 모진 고통 때문에 고함을 지르는 일까지 있었다.

그러나 부윤은 유유히 그짓을 다 치렀다. 그러다가 그중에 제일 멋있는 여승 하나를 발견하였다.

부윤이 그 여승을 조용히 불렀다.

"얘야."

"왜 그러세요."

"너는 시집 생활을 하던 여자였지?"

"그렇습니다."

"네 아비가 죽었느냐?"

"네, 죽은지 한 십 년 되었습니다."

"왜 죽었느냐?"

"병들어 죽었습니다."

"무슨 병으로 죽었느냐?"

"노랑병으로 죽었습니다."

"너는 확실히 별미의 여자다. 너는 나와 함께 내 곁으로 가자."

"……"

"가지 못하겠다는 말이냐? 나하고 가서 내 곁에 있으면 호강하고 좋지 않겠느냐?"

"……"

"잔말 할 것 없다 함께 가자."

"사또 처분대로 하겠습니다."

"오오, 그래 너는 실로 좋은 계집이다. 밤마다 나를 시침하라."

"……"

"너는 어찌 그리 좋은 맛이 나느냐?"

묘적암은 한바탕 화적 떼들이 쳐들어왔던 모양으로 풍지박산이 된 것 같았다. 중들은 모두 입을 모아 부윤을 욕을 했다.

그러나 그들은 대부분 한 번씩 부윤에게 그 짓을 당한 여승들이었다. 그들은 불계의 오계 가운데 가장 중요한 계행을 깨뜨리고 말았으니 실로 중이 될 자격을 상실한 위인들이었다. 그렇지만 불가항력의 이 난폭한 일을 겪은 중들은 그것이 불사음(不邪淫)을 범했다고 생각하지 않았다.

그들의 모욕과 능욕은 그러나 좀처럼 가시지 않았다. 부윤은 부윤대로 여승들과의 상관이 나쁘지는 않았다고 스스로 만족하였다.

그의 마음에 가책이 되는 생각은 조금도 없었다. 그는 스스로 자기 행동을 합리화시키기도 하였다.

'한평생을 가도 사내 맛을 볼 수 없는 것들에게 사내 맛을 보였으니 분명 시주였고 보시였지. 나는 죽어도 왕생극락할지 몰라. 하하하, 보시를 많이 했으니까.'

그는 이렇게 생각하며 관아로 돌아왔다. 그리고 여승 가운데 가장 예쁘다는 연화라는 비구니를 수레에 싣고 돌아왔다.

어 부윤은 아무리 생각해 보아도 이제 남은 것은 무당과 시비 밖에는 더 상관할 것이 없는 듯하였다.

그는 이번에는 무당을 불러 한번 상관해 보리라고 마음먹었다. 무당이야말로 보통 다른 계집들과 같을 수가 없을 것 같았다.

그는 저녁이 되자 또다시 박 형방을 불렀다.

"오늘 저녁엔 무당을 하나 대령시켜라."

"네, 분부대로 거행하겠습니다. 잠시만 기다려 주십시오."

"되도록 빨리 서둘러라."

그리하여 박 형방이 무당을 구하기 위하여 밖으로 나

간 사이에 어 부윤은 비구니 연화를 불러 시간을 죽였다. 잠시라도 계집이 없으면 참아내지 못하는 위인이 어 부윤인 것이었다. 그러면서 그는 변명이라도 하듯 자신을 속으로 위로했다.

색이란 인간이 모태로 부터 나올 때 그 모친의 관문을 통과하여 나왔기 때문에 이렇게 간절한 것이리라고 그는 생각했다. 그러나 어 부윤이 그럴수록 백성들의 원망과 잡음은 날로 커지기만 하는 것이었다.

밤이 이슥해서야 형방은 무당 세 사람을 데리고 관아로 들어왔다. 그것은 우격다짐으로 갖은 공갈과 협박으로 데리고 온 것이 틀림없었다. 짐승을 몰이하여 오듯이 싫다는 것을 억지로 붙잡아 가지고 왔던 것이다.

"사또, 분부대로 여기 세 명을 데려왔습니다."

"어서 들라 하여라."

"네이."

"그래, 이자들은 나이가 올해 몇인고?"

"하나는 스물이옵고."

"또."

"하나는 서른 살이옵고."

"또."

"마흔 살이옵니다."

"수고하였다."

"그럼 전 이만 물러가겠습니다."

무당 세 명이 안으로 들어왔다. 스무 살 먹은 계집은 부끄러움을 감추지 못하고 얼굴을 들지 못하였다. 그러나 서른 살 먹은 계집은 다소곳이 앉아 있고 마흔 살 먹은 무당은 해죽해죽 웃기까지 하고 있었다.

부윤은 무당들을 한번 빙 둘러보고는 모두 자신에게로 가까이 다가 앉도록 명령하였다.

"너희들은 오늘 저녁 모두 나와 시침할 것이다. 그러니 모두 옷들을 벗도록 하여라."

무당들은 그 얼굴이 비교적 해반주그레했다. 남편들 없이 춤과 노래와 넋두리로 살아가는 계집들인만큼 살결이 윤기가 흐르고 맑았다.

부윤은 세 무당을 한 팔엔 둘을 뉘고 한 팔엔 나머지 하나를 이불 위에 뉘었다.

"여봐라. 한쪽을 관계할 때 다른 년은 가만히 보고만 있으렷다."

"……"

"재촉하면 못 쓰느니라. 알겠느냐?"

"……"

"에헴, 그럼 너부터……"

부윤은 먼저 제일 젊은 무당과 상관하기 시작했다. 다른 두 무당들은 처음에는 입을 벌리고 눈을 뜨고만 있더니 이내 눈을 감았다.

부윤은 손을 뻗어 계집의 귓바퀴와 뺨, 그리고 목 언저리를 습관적인 동작으로 어루만졌다. 부윤의 손은 계집의 유방 언저리까지 무심히 뻗어가 젖꼭지를 쉬엄 쉬엄 만지작거렸다.

계집은 젖꼭지에서 느껴지는 아픔 때문에 몸을 심하게

흔들었다.

그러자 부윤은 계집의 수풀을 헤치고 혀를 뾰족하게 세워 집요하게 핥았다. 계집의 신음 소리가 입가에서 떨리며 새어 나왔다. 계집의 눈빛은 차츰 고통과 쾌감으로 심하게 일그러졌다.

잠시 후 부윤은 자신의 남성을 계집의 몸 안으로 깊숙히 밀어 넣었다. 이미 계집의 몸은 젖을 대로 젖어 있어서 부윤의 남성이 들어가기에 알맞았다.

거친 신음 소리가 방안에서 뜨겁게 휘돌았다. 나머지 무당들은 이제 천천히, 한데 엉켜붙은 두 육체를 바라보았다.

계집의 신음 소리는 이제 비명으로 바뀌어 그들에게 들려 왔다. 비명 소리는 이제 더 거칠어져서 주위에 다른 두 무당이 보고 있다는 것도 모르는 듯했다.

그러자 이번에는 둘째 무당에게로 자신의 남성을 밀어 넣었다. 둘째 무당과 셋째 무당도 뜨거운 정사에 이미 흥분해 있었던지 부윤의 남성이 자신들에게로 향하자 그들은 모두 넋이 나간 듯 괴성을 질러대며 부윤의 행위에 몸을 맡겼다.

그러나 부윤은 이번에도 자신의 행위에 별다른 쾌락을 느끼지 못했다. 오히려 입맛만 버린 꼴이 되어 버리고 말았다.

부윤은 실망스러운 표정을 감추지 못하고 무당들을 밖으로 내쳤다.

"이제 그만 모두 가거라."

무당들은 가만히 앉아 있다가 사령들에게 붙잡혀 와서 그런 봉변을 당하고 화가 치밀어올랐으나 어찌할 수가 없었다. 그냥 돌아가는 수밖에는 다른 도리가 없었다.

　그들은 그저 요즘 귀신을 잘못 모신 것이려니 생각하며 발길을 자신들의 숙소로 돌리는 것이었다.

춘월을 대령하라

부윤은 요사이 여색에 다소 지친 사람 같았다. 그만큼 했으면 이제 지칠 때도 된 것이었다.

어느 날 밤, 박 형방이 부윤의 그 지친 듯한 모습을 보고 부윤의 방에 들어왔다.

"사또……"

"오, 그래."

"요즘 안색이 그 전과 같지 않은 것 같사옵니다. 사또께서 기뻐하실 기막힌 계집이 하나 있사옵니다."

"그래, 뭐 하는 계집이더냐?"

"기생이올시다."

"기생이라…… 어떤 기생이냐?"

"고운 계집이지요."

"곱다?"

"고울 뿐만이 아닙니다. 절조가 있는 계집이지요."

"절조라? 얼만큼 절조가 굳길래 그러하냐?"

"말할 수 없이 굳습니다."

"그런 기생이 평양에 있었단 말이냐?"

"있었던 것을 저도 몰랐습니다."

"어디에 있느냐?"

"감영 이 비장의 소실 노릇을 하고 있습니다."

"소실이라? 그럼 기적에 매어 있겠구나."

"물론입니다. 그런데 절개가 하도 굳어 그 전 사또와 감사 사또가 모두 그년에게 수청을 들이려다 망신만 당하였다 하옵니다."

"그런 기생도 있느냐? 그래 지금은 어디에 있느냐?"

"제 집에 있을 것입니다."

"그래, 인물이 얼마나 고우냐?"

"평양 천지에 그만큼 고운 기생은 없습니다."

"정말이냐?"

"제가 언제 사또께 거짓말을 한 적이 있습니까?"

"그년이 그렇게 꿋꿋하다면서 내 수청을 들을 성싶으냐?"

"그거야 매를 치면 듣지 않을 사람이 어디 있겠습니까. 분명 사또의 수완이시면 능히 그 춘월이란 년을 손에 넣고도 남으리라 생각합니다."

"음, 그년의 이름이 춘월이냐?"

"그러하옵니다. 사또의 분부만 내리신다면 곧 불러올

수 있겠습니다."

"그래, 그렇게 자신이 있다면 내 체면 상하지 않게 한 번 해 보도록 하여라."

"사또, 그럼 분부 받들어 거행하겠습니다."

"오냐."

두 사람이 그렇게 모의를 꾸미고 있는 동안 춘월의 집에서는 이 비장과 춘월이가 단꿈을 꾸고 있었다.

이 비장은 춘월의 고분고분한 대접에 반하여 그냥 춘월의 방에 파묻혀 있는 것이 일쑤였다. 한시를 떠나서는 서로가 살 수가 없는 사이가 되고 만 것이었다.

밤이 되면 아무리 늦어도 춘월은 이 비장을 기다려서 함께 저녁을 먹었다.

"나으리, 어리굴젓 하나 잡수어 보셔요."

춘월이가 이 비장의 입에 그것을 떠 넣으면 이 비장은 웃음을 머금고 그것을 받아먹곤 하였고 이 비장은 이 비장대로 춘월이를 뒷간까지 바래다 주는 사이가 되고 말았다. 그리하여 두 사람은 그림자처럼 메아리처럼 붙고 쫓고 하였다.

그 날 저녁에도 두 사람은 한 이불 속에서 혼곤히 잠이 들었다. 그런데 갑자기 밖에서 사령들의 발자국 소리가 요란히 나더니 문 부서지는 소리와 함께 춘월을 급하게 부르며 안마당으로 들어서는 소리가 들렸다.

"누가 왔나봐요."

"누가 오긴."

"문이 마구 부서지는 소리가 나요."

"어느 놈이 감히······"

"가만히 계세요."

그 때 포교 한 사람이 성큼 마루로 올라섰다. 그러자 이 비장은 성난 얼굴로 포교에게 다그쳐 물었다.

"무엇 때문에 왔느냐?"

"사또의 심부름으로 왔습니다."

"무슨 심부름이냐?"

"기생 춘월이를 불러 오랍니다."

"무엇이라고······"

"사또가 갑자기 보자고 하와······"

"이 기생은 임자가 있다고 너희 사또께 가서 일러라."

"저희는 그렇게 할 수 없습니다."

"무엇이라고!"

"꼭 데리고 가야만 되겠습니다."

그 때 이룡의 발길이 공중을 향하여 번개같이 날랐다.

그러자 포교가 마당에 나가 떨어졌다. 이룡의 발길에 턱을 채여서 그런지 포교의 턱 한쪽이 비틀어져 버렸다. 다른 포교 한 사람이 동료 포교가 쓰러지는 것을 보고 이룡에게 덤벼들었다.

밖에는 포교 사령들 십여 명이 웅성거리고 있었다.

"이 놈들 봐라."

이룡은 큰 몽둥이 하나를 손에 잡고 밖으로 나가면서 잡히는 대로 포교 사령들을 후들겨버렸다.

별안간에 휘두르는 이룡의 몽둥이찜에 포교들은 그만 하나씩 쓰러졌다. 눈깜짝할 사이에 십여 명이 즐비하게 나가 자빠졌다. 박 형방은 이미 자기 편의 기세가 기운 것을 눈치채고 걸음아 날 살려라 하고 도망치기에 바빴다.

"이 놈들! 한번만 더 오기만 해봐라."

이룡은 그들에게 호통을 쳤다. 몽둥이를 맞고 쓰러졌던 자들이 하나 둘 일어서서 모두 도망쳐 버렸다.

춘월이 놀란 가슴을 진정하며 이룡에게 물었다.

"나으리, 다친 데는 없습니까?"

"염려 마라."

"그 놈들이 또 안 올까요?"

"부윤이 천하의 색마라는데 왜 안오겠느냐. 하지만 걱정 마라. 내가 옆에 있으면 그 놈도 어쩌지 못할 것이다."

"나으리가 안 계실 때 오면요."

"감영 안에 내가 있는데 무슨 걱정이냐. 아무 염려 말아라."

"나으리."

"왜?"

"나으리를 따라 저도 감영 안으로 들어가겠어요."

"갑자기 그럴 필요가 있느냐. 그 문제는 천천히 생각해 보자꾸나."

부윤은 박 형방이 전하는 말을 듣고 천둥같이 크게 노하였다. 실로 무서운 노여움이었다. 군사를 풀어서라도 춘월을 데려 오라고 호령하였다.

부윤은 미친 듯이 길길이 날뛰었다. 일개 비장에게 당한 것이 분해 참을 수가 없었던 것이었다.

"내일 새벽에 당장 그 계집년을 붙잡아 오너라. 만일 붙잡아 오지 못한다면 엄한 문책을 당하리라."

이튿날 새벽 먼동이 틀 무렵 박 형방은 수십 명의 부하들을 지휘하여 기생 춘월의 집을 철통같이 에워쌌다.

그 때 마침 이룡은 감영 안에 춘월이 거처할 방을 알아보기 위하여 들어갔던 때였다. 폭풍우같이 휘몰아 온 박 형방 일행은 이룡이 이미 감영 안으로 들어간 것까지 다 알고 온 모양이었다.

"여보게 춘월이."

"누구시오?"

"나 박 형방일세."

"아이구머니나."

"자넨 관가에 잡힌 몸이네. 항거하지 말고 곱게 가세."

"내가 무슨 죄가 있다고 이러세요?"

"난들 아나?"

"난 못 가겠소. 죄 없는 사람을 왜 못살게 구우."

"그건 사또께 가서 말하게."

"사또가 나와 무슨 상관이오."

"아무튼 가기나 하세."

춘월은 혹시 이 비장이 되돌아오지나 않을까 하고 기다렸으나 금방 감영 안으로 들어간 사람이 돌아올 리가 만무했다. 그제서야 춘월은 박 형방이 지휘하는 포교에 휩싸인 채 천천히 걸어서 부윤 관가로 향하였다.

부윤은 동헌에 앉아 노기등등히 춘월을 기다리고 있었다. 그 때 삼문 밖에서 소란스러운 소리가 들려 왔다.

"기생 춘월이를 잡아 대령하였습니다."

부윤은 그말에 기세가 올라 더욱 노기등등하였다.

"그년을 발가벗겨 형틀에 매어라."

그러자 포교들이 일제히 춘월에게 달려들었다.

"네 이년. 네 눈에는 이 비장 밖엔 없다더냐?"

"소인의 눈에는 천하명궁 이 비장 밖에는 보이지 아니하오."

"원 저런 년을 봤나. 말 대답을 함부로 하고…… 이년아, 사또가 부르면 냉큼올 것이지…… 이 망할 년 같으니. 어디 네년이 지조가 높다고 하니 어디 한번 시험해 보자."

사령들이 반항하는 춘월의 옷을 벗기지 못하는 것을 바라보자 부윤은 노기가 꼭두까지 치밀었다.

"어서 그년을 발가벗기지 못하느냐, 이 놈들아!"

"빨리 빨리 발가벗기라신다."

그 때 춘월이 부윤을 불렀다. 그러자 모두 주춤하였다.

"저년이 왜 부른다냐?"

"사또…… 이것이 백성의 아버지이신 부윤이 하는 선정이십니까?"

"저년 봐라. 저년이 이젠 발악한다. 저년을 단단히 쳐라."

드디어 춘월에게 불호령이 떨어졌다.

한편 이 비장은 감영에 들어오는 길로 예방 비장과 춘

월이 거처할 방을 의논하고 있었다. 그런데 문득 춘월의 집에서 심부름하는 계집 아이가 울상을 지으며 다급하게 이 비장을 불렀다.

"나으리 큰일났습니다."

"무슨 일이냐?"

"포교들이 와서 아씨를 잡아 갔습니다."

"얼마나 됐느냐?"

"방금 잡혀 갔습니다."

"그러냐?"

"나으리 빨리 가세요."

"오냐."

이 비장이 급히 계집 아이를 따라 밖으로 나오는데 벌써 해가 동편 하늘에 떠올랐다. 그는 종종 걸음으로 부윤 관아로 들어가는데 밖에서 문지기 사령들이 길을 막았다.

"이 놈들아, 나를 모르겠느냐?"

"모를 리가 있겠습니까. 여쭙고서야 들이겠으니 잠깐만 기다리십시오."

"이 놈들아, 평양 감영 이 비장이 이 문을 통과 못한다면 누가 드나들어야 하느냐?"

"사또께서 함부로 사람을 들이지 말라고 하셨습니다."

"이 놈들아, 난 들어가야겠다."

이 비장이 삼문을 헤치고 안으로 들어가니 그 때 부윤은 벌써 춘월을 매질하고 있었다.

"이년! 바른대로 말해라."

부윤의 꾸짖는 소리가 들려 오는데 이 비장은 성큼성큼 뒷돌 위로 올라섰다. 그것을 본 부윤이 사방을 두리번거리며 고함을 쳤다.

"누가 잡인을 들였느냐?"

"사또, 내가 여기 못 올 사람이오?"

"어, 고약하군. 문무관원의 체통을 모르는 무식꾼이로군."

"유식한 사람은 대낮에 죄없는 기생 잡아다가 볼기를 칩니까?"

"뭐라고?"

"이 기생은 내 허락 없이 치죄 못하오."

이 비장은 말을 마치고 형틀에 매어 달린 춘월을 풀어 내리고 헝클어진 옷매무새를 고쳐 주었다.

그러자 부윤이 고함을 질렀다.

"그년을 도망 못하게 하여라."

그 때 이 비장은 형틀 옆에 놓여 있는 맷단에서 매를 대여섯 개를 꺼내어 손에 거머쥐고 옆에 몰려드는 사령들을 후들겨 때렸다.

그러자 동헌에서 부윤이 고함을 질렀다.

"이 비장, 자네 너무 하는군. 이게 무슨 고약한 짓이냐."

부윤은 분하다는 듯이 게거품을 물었다. 이 비장은 춘월을 데리고 삼문을 빠져 나오는데 걸리는 사령들을 마음껏 후들겨 때렸다. 그것은 부윤에 대한 분풀이였다.

"죽일 놈 같으니. 평양 천지 기생들은 모두 네 계집이냐?"

춘월은 벌써 몇 대의 볼기를 맞고 볼기 살이 터져서 걸음을 잘 걷지 못하였다. 그리고 집으로 가지 않고 이 비장을 따라 함께 감영 안으로 들어갔다.

"나으리."

"......"

"뒷수습을 어찌 하시렵니까. 감사 사또께 부윤 관가를 소란케 하였다고 아뢰면 어찌 되나요?"

"글쎄, 할테면 하라지."

"예방 나으리와 한번 상의해 보세요."

"그러마."

이 비장이 예방 비장에게 전후 사실을 이야기하였더니 예방은 낯빛이 새파랗게 질리며 걱정을 하였다.

"여보게 큰일났네."

"왜?"

"사또께서 그냥 넘어가실 일이 아닐세."

"어떡하면 좋겠나?"

"석고대죄 하게."

"저런."

"글쎄, 부윤이 워낙 색을 밝혀 실덕이 크기는 하지만 그렇다고 부윤 관가에 함부로 야료하는 법은 아닐세."

저녁 때가 되어서 이 비장은 마당에 대죄하고 있었다. 그러자 예방 비장은 감사 앞에 나아가 전후 사실을 모두 아뢰었다.

감사가 혀를 차며 이 비장을 꾸짖었다.

"허참, 부윤이 엽색을 너무 하더니 봉변을 당해도 싸지만 그렇다고 부윤 관가에 야로하였으니 방자한 일이로다. 이 비장은 내가 부르기 전에는 여기 나타나지 말라."

그날 밤 감사는 도사를 불러 이 비장과 부윤의 엽기 다툼한 이야기를 했다. 감사는 도사에게 어떻게 했으면 좋을지 물었다.

그러자 도사가 우려 섞인 목소리로 말했다.

"본시 부윤이 굉장한 인물이라 합니다. 그의 뒤에 권력의 줄이 있어서 잘못 대하시면 감사께서도 화를 당하실지 모르는 일입니다. 그러하니 우선 이 비장을 징계하시고 부윤을 처결하면 좋을 듯합니다."

하루가 지난 후 부윤이 감사를 찾아보고 이 비장한테 조소당한 이야기를 했다.

"본관이 무슨 면목으로 관속들을 대하겠습니까?"

"영감이 색도가 지나쳤으니 그렇게 된 게 아니오?"

그 말엔 부윤도 얼굴을 들지 못했다. 잠시 후에 부윤이 입을 열었다.

"조소를 당하였으니 사의서를 놓고 가겠습니다."

"사의서를 놓고 가겠단 사람을 내가 말릴 수는 없지만 어딜 가든지 몸가짐을 조심하셔야 할 것이오."

부윤은 오만상을 찌푸리며 할 수 없다는 듯이 자리에서 일어났다. 그러나 속으로는 어디 두고보자는 듯 으르렁거렸다. 이에 감사도 더욱 쾌씸한 생각이 들어 부윤을 다시 불러 말했다.

"영감이 좋을 대로 하시오. 나는 영감이 사의서를 놓

고 간 사연을 나라에 세밀히 알리지 않을 수 없소."

"……"

부윤은 감사의 말에 더욱 이를 갈지 않을 수 없었다. 이 비장은 두둔하고 부윤인 자기만 책망하다니. 그는 이를 갈면서 한양으로 올라가면 반드시 이를 보복하리라고 다짐하였다.

평양 부윤 어성중이 물러가자 감사는 이룡을 불렀다. 안색이 좋지 못한 이룡이 감사 앞에 나아가니 감사는 이룡을 크게 꾸짖었다.

"사람이 지혜가 있어야지 그깟놈의 되잖은 작자와 기생 다툼을 하느냐. 당분간 물러가 있거라."

이룡이 감사 앞을 물러 나온 후 감사는 다시 도사와 부윤 비장의 기생 다툼 전말을 의논하였다.

"부윤이 반드시 보복할 것 같은데 도사의 생각은 어떻소?"

"보복을 당하여도 단단히 당할 것입니다. 그 자가 윤영 부사의 애첩인 난정을 간통하고 강계 부사를 얻었으니 그냥 있을 것 같지는 않사옵니다."

"그러면 어떡했으면 좋겠소?"

감사가 근심에 쌓인 얼굴로 도사에게 물었다.

"그렇다고 해서 부윤 앞에서 나라에 징계하겠다던 말을 다시 취하할 수야 있겠습니까. 그 놈 하는 대로 일단 내버려 두십시오."

"앉은 채 벼락을 맞아도 말이오?"

"앉은 채 벼락이야 맞을라구요. 이룡은 당분간 사또

막하에서 떠나 있도록 하는 것이 좋을 성싶습니다."

"어디로 무엇을 시켰으면 좋겠소."

"그거야 사또 분부대로 하실 일이옵지 소인이……"

"철산 부사가 비어 있는데 그리로 옮겨 주면 어떻겠
소?"

"그것 좋으신 생각이십니다. 요즘 아직도 도적의 무리
가 압록강 변에서 창궐하고 있다고 합니다. 그러니 이룡
이 철산 부사감으로는 안성마춤인 것 같습니다."

"그렇소."

"그렇고말구요."

"그럼 곧 나라에 보고하여 이룡에게 철산 부사가 내리
도록 하시오."

"분부대로 하겠습니다."

도사는 밤이 깊어진 뒤에야 감사의 앞을 둘러 나왔다.

그로부터 달포가 지난 후 이룡에게는 철산 부사를 제
수한다는 교지가 내렸다.

그러나 이룡은 평양을 떠나기가 죽기보다 싫었다. 그
것은 사랑하는 춘월을 떼어놓고 홀로 부사로 부임하면
무엇 하느냐는 심경에서였다. 밤에 제 방에 돌아와서도
이 비장은 오만상을 찡그리고만 있었다.

"나으리, 왜 그러세요?"

춘월이 웃으며 물었다.

"철산 가면 너 혼자 또 딴 서방 맞을 테니 화가 나서
그런다."

"호호호."

"정말 너는 좋은 게로구나."

"호호호, 나으리가 크게 출세하는데 왜 내가 좋지 않 겠습니까?"

"딴 서방 얻을 테니 너는 좋기도 하겠지."

"아이, 나으리도. 나으리가 가시는데 제가 여기 있을까 봐서요."

"날 마음대로 따라올 수 있느냐?"

"걱정 마세요."

"기적을 마음대로 붙이고 떼고 할 수 있다더냐?"

"호호호."

"웃음 소리도 듣기 싫다."

"나으리."

"왜 그러느냐?"

"사또께서 저를 나으리에게 주어 보내셨으면 하는 눈 치더래요."

"흥."

"정말이라니까요."

"누가 그러더냐?"

"예방 비장이……"

이 비장은 한동안 말이 없었다.

그 날 저녁 춘월은 제 집으로 가더니 그 날부터 앓는 시늉을 하였다.

철산 부사로 임명된지 보름쯤 지나서 그의 하인들이

이방을 선두로 하여 평양으로 왔다. 이룡이 철산으로 가기 전에 감사를 알현하였다.

"그래 철산 가서 일을 잘 보고 있거라."

이룡은 평양을 떠나기가 싫은 것보다 춘월의 곁을 떠나기가 죽기보다 싫었다.

"부사고 뭐고간에 소인은 사또 막하에 있는 것이 소원입니다."

"쓸데없는 소리 하지 마라. 철산은 본시 북방의 요지니 가서 잘 다스리면 너의 벼슬도 그냥 있지는 않을 것이다."

감사는 이룡의 속마음을 알아채고는 같이 갈 사람이 있으면 데려가도록 하라고 은근히 춘월이를 허락하는 태도를 보였다.

하여간 춘월은 매일 탕약을 다려 먹고 누워서 대소변을 보고 하다가 급기야는 반신불수로 폐인이 되었다고 관아에 알렸다. 그러자 형방이 춘월을 한번 보고 가는 척하더니 이내 기적에서 춘월을 제적하였다.

철산으로 떠나기 전에 어느 날 저녁 춘월이가 앓고 난 사람 모양으로 이 비장과 마주했다.

"그것 보세요. 예방 나으리 말씀이 어떠세요. 감사 사또께서 어련히 통촉하셨겠어요."

"철산까지 나를 따라올 작정이냐?"

"그럼 제가 혼자 평양에 남아 있을 줄 아셨어요."

춘월은 말을 마치고 맑게 웃었다.

이룡은 그런 춘월이가 이쁘게만 보였다.

이룡이 철산으로 부임하자 춘월도 이룡을 따라 철산으로 옮겨 갔다. 철산읍은 춘월의 미모로 갑자기 환하여지는 것 같았다. 백성들은 모두 입을 모아 춘월의 미모를 칭찬하였다.

"어디서 양귀비 같은 색시가 새 사또를 따라 왔다."

"얼굴도 곱거니와 마음씨도 아름다워. 부사 사또가 꼼짝을 못한다는구먼."

"그만한 여인에게 반하지 않을 놈이 어디 있나?"

"우리 고을이 이제 아주 태평스러워지려나 보네."

"오랑캐 놈들이 제발 쳐들어오지 못하게 해주었으면 좋겠어."

"명궁이 오셨는데 무슨 걱정이야."

"묘화산 산적 놈들이나 조용해졌으면 좋겠어."

"명궁 소리에 그 놈들도 꼼짝 못할 거야."

"하여간 새 부사 부임 이후로 우리 고을이 아주 조용해졌어."

백성들은 이룡 내외를 그렇듯 환영하였다.

철산의 봄

북쪽의 국경인 이 곳 철산에도 봄은 찾아왔다.

이 고장에서는 오월 단오만 되면 그네를 타고 씨름하는 풍속이 크게 유행하였다. 경치 좋은 곳에 높다랗게 그네를 매고 여인들은 모두 모여 그네를 탔다.

구름처럼 모여든 남녀의 무리 속에서 날은 청명하고 오월은 한없이 맑았다. 그 수많은 사람 가운데 특히 부사의 부인인 춘월의 모습은 더 한층 오월과 어울리는 고운 모습이었다.

"곱기도 하여라."

"선녀 하강 아니시냐?"

"그러게 말이다."

"사람으로야 저렇게 고울 수가 없지."

늦은 봄 첫 여름의 긴 해가 이미 한나절이나 기운 오후, 철산읍 안은 사람의 들끓는 소리, 장사꾼들의 고함 지르는 소리 등이 잡다한 가운데 놀이는 한창 무르익어 갔다.

인산인해를 이루는 속에서 춘월은 자기의 호강이 오로지 사랑으로 말미암아 빚어진 결과라는 것을 한층 더 실감하는 것이었다.

바로 그 때 멀리서 말울음 소리가 요란하게 들려 왔다.

"이게 무슨 소린가."

"부사 관아 안에서 훈련하는 말이라도 나왔나?"

말울음 소리는 점점 더욱 가까이 들려 왔다. 사람들이 모두 놀라고 있을 때 갑작스러운 외마디 고함 소리에 수많은 도적 떼가 사방에서 쏟아져 나왔다.

"이크!"

"이크, 산적이다!"

산적들은 벌써 온 고을을 포위하고 압축하여 들어오기 시작했다. 날으는 화살, 천둥 같은 고함 소리, 여인들은 가냘픈 목소리로 비명을 지르는데 도적들은 함부로 사람들을 휩쓸어 몰아치는 것이었다.

산적은 모두 백여 명이 넘을 성싶었다. 그중에서 키가 제일 크고 코가 주먹만한 자가 있었는데 그 자는 흰 말을 탔고 창 쓰는 솜씨가 가히 놀라울 지경이었다.

"부사의 마누라를 붙잡아라."

그는 크게 고함을 지르며 부하들에게 명령하였다.

"달아난다. 부사 마누라가 달아난다."

"잡아라."

"잡아라."

"놓치면 중벌을 당하리라."

백마를 탄 자가 호통을 치니 그 부하들은 부사의 부인 춘월을 붙잡기 위하여 두겹 세겹 그를 포위하고 달려들었다.

춘월은 너무나 당황스러워 미처 도망치지 못했다. 그리하여 결국 도적들에게 붙잡히고야 말았다. 그러자 아비규환의 함성과 공격이 삽시간에 끊어지고 철산읍은 원상태로 고요해지는 것이었다.

그러나 거기 모여 있던 부녀자 삼십여 명도 산적들에게 붙잡혀 가고 말았으니 실로 도적들의 오랜 계획 끝에 감행한 납치와 약탈이었다.

도적들은 철산으로부터 사오십 리 되는 곳에 위치해 있는 묘화산의 산적들이었다.

그들의 두목은 골대호라는 자였다. 그는 묘화산의 험준함을 이용하여 멀리는 얄루강 건너편의 오랑캐들을 습격하기도 하고 가까이는 철산과 그 부근의 민가들을 털어 도적으로 생업을 삼는 자였다.

그는 도적질뿐만 아니라 여색을 밝히기에도 여념이 없었으니 그가 한번 마음 먹은 계집은 무슨 수단을 다 써서라도 수중에 넣지 않으면 분이 차지 않았던 위인이었다.

그는 키가 크고 또한 코가 주먹만 하여 무한한 정력을

소유하고 있는 자였다.

그의 나이 오십이 다 되도록 아직 정실 계집이 없는 것은 그의 물건이 너무나 커서 계집들이 그를 감당해 내지 못했기 때문이었다. 그러하니 여자들을 계속 갈아들이는 것은 아침 밥상의 반찬 바뀌듯 하는 일이었다.

여자들은 대개 열흘이면 그로부터 물러나든지 병들어 눕든지 아니면 죽든지 하는 것이 다반사였다.

그는 보통 하룻밤에 십여 차례의 행위를 가지므로서 상대방으로 하여금 지치게 만드는 것이었다. 그러하니 그와 관계하는 여자는 대개 하는 도중에 졸도하지 않으면 각혈을 하는 것이었다.

한번은 골대호와 능히 겨룰 만한 여인이 하나 잡혀왔던 적이 있었다. 그 여자는 평생 소원이 기운 센 남자와 한번 그 놀음을 겨루어 보는 것이었다. 어떻게 하면 한번 힘 좋은 남자를 만나 마음껏 그 짓을 할 수 있을까 하는 것이 그 여자의 평생 소원이었다.

그 여자는 그러한 배필을 구하려 스스로 돌아다녔지만 구하지를 못하다가 묘화산 두목 골대호의 얘기를 주워 듣고 그 첩첩한 산 속에 단신으로 찾아들었다.

"그대가 골 장군이신가?"

"그렇다."

"그렇다면 나하고 시합을 한번 해 보자."

"무슨 시합인가?"

"이 놈아, 시합이면 시합이지 무슨 시합도 있느냐?"

"이년 봐라. 그래 무엇 때문에 찾아왔느냐?"

"네가 그것을 좋아한대서 시합하러 왔다."

"그래, 그것 참 훌륭하구나."

"이 놈아, 빨리 한번 해보자. 무얼 꾸물거리느냐?"

그리하여 두 사람은 사흘 밤 사흘 낮 동안 그 짓을 하였는데 그 여인도 골대호의 무한한 정력에는 상대가 되지 않았던지 급기야는 쓰러지고 말았다.

그러므로 골대호는 자신의 상대가 될 만한 계집이 몹시도 그리웠다. 단 한 달만이라도 좋았고 아이를 낳지 못해도 좋았다.

앞으로는 여자의 사정을 봐 가면서 그 짓을 하리라고 골대호는 마음먹었다. 그러하던 차에 철산 부사의 아내가 절세 미인이라는 말을 듣고는 어떻게 하면 춘월을 자기 것으로 만들 것인지 속으로 벼르고 있었던 것이다.

그러다가 오월 단오에 그네 뛰는 여인들을 습격하기로 하였고 습격을 감행한 묘화산 패거리들은 골대호의 소원이었던 춘월을 잡아오는데 성공하였던 것이다.

말 위에서 아무리 반항을 하여도 우직한 골대호의 졸개들은 연약한 춘월을 다루는데 그다지 어려움을 느끼지 않았다.

그러다가 춘월은 말 위에서 몸을 함부로 흔들다가 이내 기절하고 말았다. 기절한 여자를 골대호가 바라보니 과연 절세 미인이었다.

묘화산 부근에 당도하여서는 절벽에 말이 올라가지 못하는 곳에 이르자 그가 직접 춘월을 업고 드높은 석벽을 기어오르기 시작했다.

아무리 섬약한 여인이라고 하나 기절하여 거의 송장이 다 된 여자가 축 늘어졌으니 무겁지 않을 수가 있겠는 가. 골대호는 춘월을 업고 구슬땀을 흘리기 시작했다.

산정에 이르러서 골대호는 춘월을 자기 방으로 안아다 눕히었다.

춘월이가 눈을 떠 보니 방안이 넓고 깨끗한 것이 부사의 내아와 비슷한데 짐승들의 가죽이 방안에 여기 저기 있는 것으로 보아 도적들의 소굴이 분명하다고 생각 하였다.

'이 도둑 소굴을 어떻게 탈출할 수 있을까? 여기는 대체 어디쯤 될까? 부사 나으리가 여기를 알 수 있을까? 어쩌다 이렇게 됐나. 호강이 너무 겨웁더니, 하여간 호랑이에 물려가도 정신만 똑바로 차리면……'

춘월은 누워서 자신의 처지를 한탄하였다. 그 때 문이 드르륵 열리더니 골대호가 안으로 들어왔다.

"흐흐흐……"

골대호가 그 큰 입을 벌려 웃는데 코가 아가리보다 더욱 붉었다.

골대호는 마냥 좋아했다. 밖에서 그 광경을 엿보고 있던 졸개들이 저희들끼리 수군거렸다.

"뭐야, 저 모양 좀 봐라."

"아쭈, 이번 계집에게 반한 모양인데."

"반하고 여부가 없겠는데. 아주 녹초가 된 모양이야."

"야, 그런데 계집이 말을 고분 고분 들을까?"

"우격다짐으로 하겠지."

"우격다짐으로 듣지 않을 경우엔?"

"두목 쓰는 비법이 있지 않나?"

"약 먹이는 것 말인가? 약 먹이고야 무슨 재미가 있나?"

"그야 그렇지. 그러나저러나 함께 잡아온 계집들이나 우리에게 나누어 주었으면 좋겠다. 우리가 홀아비로 벌써 몇 년째야."

졸개들이 이런 수작을 주고받고 할 때에 방안에서는 골대호가 정신이 드는 춘월을 넋 나간 사람 모양으로 바라보고 있었다.

"천하에 곱기는 곱구나."

골대호는 또 한번 감탄하였다.

"이봐."

골대호가 춘월을 한번 더 부르고는 가까이 다가앉았다.

그러자 춘월은 골대호가 징그러운지 두 눈을 질끈 감았다. 골대호는 춘월의 손을 잡았다. 춘월은 살그머니 손을 뿌리쳤다.

"이봐."

"……"

아무리 불러봐도 여자가 대답을 하지 않으니까 골대호는 화가 났다. 속으로 어디 두고 보자고 씩씩거렸다.

춘월은 춘월대로 밤이 되면 어이 하나 하고 은근히 걱정하였다. 그러나 밤은 어김없이 찾아와 드높은 산채에도 촛불이 환하게 밝혀졌다.

불이 환한 방안에는 골대호가 여전히 춘월을 지키고 앉아 있었다.

방안에 무거운 침묵이 흘렀다. 고요한 밤 먼데서는 산 짐승의 울음 소리가 들려 올 뿐 다른 아무 소리도 들리지 않았다.

"이봐."

무거운 침묵을 깨뜨리고 골대호가 입을 열었다. 이번엔 춘월이도 대답을 하지 않을 수 없었다.

"왜 그래요."

꽤 날카로운 음성이었다. 그러나 골대호는 춘월의 대답이 반갑기만 했다.

"나는 너를 보려고 무진 애를 썼다. 내가 그 동안 겪은 여자는 사오십 명은 족히 넘지만 너와 같이 고운 여자는 이번이 처음이다. 우리 내일이고 모레고 좋은 날을 택해 혼인하고 부부가 되어 살자꾸나."

"……"

"그래 네 맘엔 어떠냐?"

"……"

"말해 봐라. 내가 맘에 안 드느냐? 너를 품으려면 언제든지 품을 수 있겠지만 그렇게 강제로 하기는 싫다. 알겠느냐?"

골대호는 덥썩 춘월이의 고운 손을 잡았다. 춘월이는 우선 살기 위하여 이번엔 손을 뿌리치지 않았다.

문 틈으로 이 광경을 지켜보던 졸개들은 놀라지 않을 수 없었다. 대개의 경우면 납치해 온 계집이란 발악하는 법이고, 발악하면 강제로 정조를 뺏는 법인데 이번에는 아주 두목의 태도가 달랐기 때문이다.

방안에서는 이젠 여자가 웃기까지 하는 것이었다.

"호호호……"

"우리 정식으로 혼인해서 함께 살자꾸나."

"호호호……"

웃는 웃음 속에 비수를 품은 것을 골대호는 아직 느끼지 못하고 있는 모양이었다. 여자에 미치면 대개 그런 것이었다.

골대호가 기분이 좋아져서 징그러운 손으로 춘월을 품에 안으려고 했다. 그 때 춘월이가 버럭 소리를 질렀다.

"이럼 안 돼요."

"으흐흐흐. 내 아내가 안 되겠단 말이냐?"

"혼인식을 올린 다음에요."

"한번 안아나 보세."

"……"

"안 되겠는가?"

"그럼 잠깐 안아보세요."

골대호가 큰 아가리를 벌리면서 춘월이를 살짝 안았다. 춘월은 진저리가 쳐졌지만 우선 이 소굴을 무사히 도망가기 위하여 그냥 끌어 안는 대로 맡겨 버렸다.

골대호는 아주 기분이 좋아져서 허리가 으스러져라 하고 춘월을 끌어안았다.

밤은 얼마나 깊었는지 사방은 고요하기만 한데 골대호는 이제는 더 견딜 수가 없다는 듯이 춘월에게 애원을 했다.

"우리 혼인하기 전이라도 한 번만……"

"그런 법이 어디 있어요."

춘월은 완강히 거부했다.

"딱 한 번만……"

"안 돼요."

"한 번만……"

"안 된대두요."

"내가 죽겠는걸."

"안 돼요."

그럭저럭 하여 그날 밤은 그냥 날이 새고 말았다. 무사히 몸을 지탱한 것을 춘월은 다행으로 여겼다.

그로부터 사흘이 지난 후 묘화산 산채에는 큰 잔치가 벌어졌다. 두목 골대호와 춘월의 혼인 날이었다. 소를 잡고 돼지를 잡고 온산이 법썩하였다. 앞마당에는 차일이 쳐 지고 늙은 도적 한 사람이 혼인식을 집행하였다.

전안식이 끝나고 초례마저 마친 다음 산채에는 음식이 즐비하였다.

도적들은 오래간만에 마음껏 취하였다. 그런데 대낮부터 암굴 한 옆에서 이들 도둑들이 크게 취하기를 기다리는 사람이 하나 있었으니 그는 철산 부사 이룡이었다.

산채에는 그 날 두목의 잔치가 열린 것뿐만 아니라 함께 잡아온 계집들을 모두 졸개들에게 나누어 주기로 한 것이어서 취하도록 마시지 않은 도적들은 한 사람도 없었다.

두목은 더구나 기분이 아주 좋아서 마냥 먹고 마시었다. 온 산채가 전부 혼곤하게 취했다.

"으흐흐흐."

술에 거의 녹초가 된 골대호는 우선 신부 춘월의 허리를 매만지며 음탕한 웃음을 터뜨렸다.

"그것 참 곱기도 해라."

"호호호."

어찌 된 영문인지 춘월은 더욱 요염하게 웃었다. 그 요염한 웃음 속에서 하얀 서리가 풍겨 있는 것을 여자에 홀리고 술에 취한 골대호는 알 리가 없었다.

"웃지 마라."

"왜요?"

"대장부의 간장이 다 녹는다."

"호호호."

"그만 웃으래두."

"오늘 저녁은 마음껏 웃어야 되는 밤이 아니에요."

"으흐흐흐. 그렇지, 그렇고말고."

"나으리, 옷을 벗겨 드리리까?"

"야, 근사하다."

"자, 저고리부터…… 몸도 건장하셔라."

"오오, 내 마누라…… 이번엔 내가 네 옷을 벗겨야지."

"호호호."

"왜 웃느냐?"

"나으리도 참……"

골대호는 춘월이의 옷을 하나하나 벗기기 시작했다.

춘월이는 웃음으로 그에 화답했다.

"살결이 어쩌면 이토록 희냐?"

"호호호."

"흰 눈 같구나."

"나으리."

"왜 그러느냐?"

"어서 안아 주세요."

"으흐흐흐."

골대호는 춘월을 으스러지도록 안았다.

"오오, 너는 영원히 내 것이다."

골대호가 이런 수작을 하고 있을 때 문 틈으로 이 광경을 빠짐없이 바라보고 있는 그림자가 있었다. 산채의 흥그러운 잔치를 이용하여 침입한 사나이였다.

"으흐흐흐, 이제는 더 참을 수가 없구나."

골대호는 음흉한 웃음을 웃더니 춘월이 위를 올라앉았다.

그 때 만일 골대호가 보통 정도의 지혜라도 가지고 있는 사내였다면 춘월의 교태 속에 싸늘한 한 줄기 살기를 느끼지 못하지는 않았을 것이다. 그러나 골대호는 이미 색과 술에 취할 대로 취한 후였다.

"나으리."

"오오."

"더 안아 주세요."

"그래라."

"호호호."

그리하여 골대호가 춘월이의 부드러운 곳에 자신의 모든 힘을 집중하려 할 때였다. 이를 기다리고 있던 춘월은 혼신의 정열을 다해 남자의 그것을 애무하기 시작했다.

　"으흐흐흐, 제법이다."

　그와 거의 동시에 춘월은 골대호의 가장 중요한 물건을 으스러져라 잡아 나꿔챘었다. 순간 골대호가 갑작스런 우격다짐에 사지를 뻗었다.

　그 때였다. 밖에서 기회를 엿보고 있던 그림자 하나가 방안으로 뛰어들어왔다.

　사내를 완전히 처치했다고 생각한 춘월은 그냥 그 자리에 나가떨어져서 실신하고 말았다. 가느다란 신음 소리만이 아련히 들려 왔다. 검은 그림자가 춘월에게 가까이 접근했다.

　"춘월이."

　"……"

　"춘월이, 내가 왔어. 내가 왔대두."

　그 때서야 춘월은 아련한 의식 속에서 그 음성이 자주 듣던 음성임을 알고는 몸을 일으켰다.

　"나으리."

　"춘월이."

　그 검은 그림자는 철산 부사 이룡이었다. 이룡은 춘월을 얼싸안았다.

　밖은 쥐 죽은 듯 고요했다. 모두 술에 취하고 분배된 계집에 취한 때문이었다.

"정신을 차려요."

이룡이 춘월의 몸을 흔들었다. 춘월은 모기만한 음성으로 이룡에게 말하였다.

"나으리, 이 몸은 아직 더럽혀지지 않았사와요."

"잠깐만 누워 있으시오."

"저를 버리고 가시지 마세요."

"내 밖에 나가서 할 일이 있소."

이룡이 문 밖에 나가 솜뭉치에 불을 당겨 붙이니 묘화산 서편에서부터 일대의 병사들이 일제히 몰려왔다.

그들은 모두 철산 부사의 군졸들이었다. 황급히 올라오는 병사들의 함성과 아울러 조용하기만 했던 산채가 술렁거리기 시작했다.

술에 만취되어 계집들을 끼고 누워 있던 졸개들이 모두 눈이 휘둥그래 가지고 사방을 둘러보았을 때는 이미 시퍼런 칼과 창들이 그들의 가슴을 겨누고 있었다.

제 2 부 서림

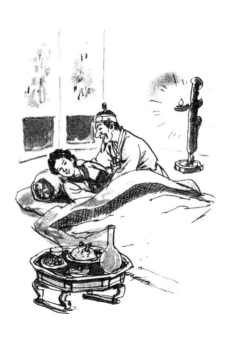

주색에 곯다

철산 부사 이룡은 묘화산 산적을 토벌하였을 뿐 아니라 납치되어 갔던 사랑하는 아내마저 고스란히 찾아왔는데 비적을 토벌하였다는 공로로 개성 유수로 전임 영전되었다.

이리하여 일개의 사수였던 키 작은 이룡은 개성 유수의 높은 현직에 영달케 되었으니 사람의 운명이란 실로 측량할 수조차 없었다.

그가 개성 유수로 영전되는 동안 철산읍에서는 그를 못 가게 하는 백성들의 만류 소동이 있기도 했다. 그러나 나라에서 교지가 내린 이상 이룡을 개성으로 향하도록 하니 철산 백성들은 그를 더 이상 붙잡아 놓을 수가 없었다.

묘화산에 붙잡혀 갔던 춘월은 그 후 시름 시름 앓기도 하였으나 이룡이 개성 유수로 영전되는 바람에 몸의 불편도 씻은 듯이 나아버렸다.

춘월은 이제 개성 유수가 되는 남편 이룡의 그 호기당당한 모습을 흐뭇히 바라보며 자신을 되돌아보았다.

평양 감사 이학은 이룡이 개성 유수가 되게 하는데 큰 힘을 썼다. 그러나 그후 한 달이 못 되어서 이유도 없이 평양 감사를 파직당하고 말았다.

그는 한양으로 올라가서 한가롭게 누워 학문과 더불어 남은 여생을 즐기었다. 부윤이었던 어성중의 이를 갈던 보복은 이로써 실현된 것이었다.

이 때 경기도 장단 이방에 서림이라는 자가 있었다. 본시 성은 서(徐) 가요 이름은 림(霖)이었는데, 하도 인간이 교활하여 다른 사람으로 하여금 그를 믿지 않게까지 되니 그 이름과 성을 서림(鼠林)으로 바꾸어 부르게 되었다.

그는 교활할 뿐만 아니라 몸에 넘치는 정력으로 말미암아 당대에 드문 호색한이었다.

그 당시 사람들은 장단 이방 서림을 '무뢰한', '주색에 미친 놈', '여우 같은 위인'으로 모르는 사람이 없을 정도였다.

그러나 그가 한번 허허허 웃으면 누구나 다 속아 넘어가지 않는 사람이 없었고, 더욱 여자에게 그의 웃음 소리는 독특하리만치 사람을 매혹시키는 데가 있었다.

그는 또 수단과 방법을 다하여 여자를 제것으로 만들었다. 그렇듯 교활하고 간사하고 여우같은 서림이 여자를 홀리는 방법으로는 돈을 물쓰듯이 쓰면서, 세치 혓바닥으로 여자가 좋아할 만한 음담패설을 늘어놓는데 있었다.

그의 웃는 얼굴을 한번 바라보면 누구든지 대뜸 얼마나 간사하고 못마땅한 위인인지 알 수 있었지만 그가 사람 앞에 나타나서 허허허 웃기만 한다면 누구든지 넘어가지 않는 이가 없을 정도였다.

그런 교활한 웃음을 가진 사내, 그것이 바로 서림의 본래 모습이었다.

서림은 장단의 아전으로 평생을 이방으로 지내면서 갖은 협잡과 호색을 행하여 누구든지 그를 욕하지 않는 자가 없었다.

그러나 그가 역대의 부사와 목사, 현감들을 섬기는데에 있어서는 무슨 일을 시키든지 못해 내는 일이 없을 정도의 수완을 발휘하기도 했다. 그래서 역대의 부사들은 그를 소홀히 여기지 못하였다. 비록 그가 못된 짓을 했더라도 부사들은 그를 그래서 용서해 주지 않을 수 없었다.

그가 이방으로 제일 먼저 실행에 옮긴 일은 관기들을 제마음대로 떡 주무르듯 한 일이었다. 역대의 부사가 모두 관계했던 기생치고 그의 손을 거치지 않은 기생은 없을 정도였다. 비상하리만치 색도에 큰 수완을 가지고 있었던 자였으니만큼 그로 하여금 수많은 관금을 횡령하였는데……

그 때 장단읍에 관기로 한양에까지 이름을 떨치던 월화라는 기생이 있었다. 월화는 역대 부사들의 귀여움을 독차지했을 뿐만 아니라, 모든 사람들의 사랑을 한몸에 받고 있던 기생이었다.

어느 날 서림이 월화를 찾아갔다. 월화는 그 때 어디서 놀다 왔는지 극도로 피곤해 있었다. 그 피곤한 안색을 보아서는 도저히 사람을 방에 들이지 않을 텐데 월화의 처지로서는 서 이방한테는 한 팔 짚지 않을 수 없는 처지인지라, 몸이 극도로 피곤하였지만 웃으면서 서림을 맞아들이지 않을 수 없었다.

"이방 나으리, 우리 집에는 웬일이세요"

"왜 나는 월화한테 놀러올 자격이 없는가?"

"원 별 말씀을 다 하세요?"

"하기사 월화 같은 높은 기생이 나 같은 위인이야 거들떠 보기나 하겠나만은……"

"나으리도 별 말씀을 다하세요. 호호호……"

"속상해 죽겠는데 웃기는 왜 웃어. 자네한테는 사또나 김 진사가 제일이지 않느냐. 네 속을 모를 줄 알구."

"아이, 피곤해 죽겠는데……"

"아주 주색에 곯은 모양이구나."

"나으리두 참……"

"주색에 안 곯았으면 왜 피곤하다는 거냐?"

"주색에 곯아야만 피곤하우."

"넌 아직 주색에 곯은 얘기를 모르는군."

"나으리, 그게 무슨 말씀이세요. 나으리, 재미있는 얘기인가 본데 좀 해주시구랴."

"흐흥……"

"나으리, 술 한잔 드시겠어요?"

"풍류 남아가 기생 방에 와서 술을 마다하겠느냐?"

"호호호……"

월화는 한참 웃고는 바깥을 향하여 술상을 보아 오라고 시중드는 계집에게 일러 시켰다.

서림은 월화에게 계속 농을 걸었다.

"정말로 네가 나를 주색에 곯게 하려구 그러는구나. 그래, 얘기를 하면 그 값으로 뭘 주겠느냐?"

"아이, 흉칙하셔."

"이년아, 흉칙하기야 네가 더 흉칙하지. 내게도 한번 몸을 허락하겠느냐?"

"그까짓 얘기 한마디로요. 그럼 소리꾼에게도 몸을 허락하게요."

"좋다. 하여간 듣기나 하렴."

"듣구는 난 몰라요."

"계집들이란 다 모른다고만 하더라. 고약한 년 같으니라구."

"어서 그 주색에 곯은 얘기나 하세요. 나중 봐가지고 얘기를 재미있게 하시면 몸으로 때울게요."

그러자 서림은 한번 침을 꿀꺽 삼키고 월화를 향해 이야기를 시작했다.

"어느 해 몹시 무더운 여름날이었지."

"주색에 곯으면 여름에 더 기운이 없겠네요."

"물론이지. 무더운 삼복지경에 파리 한 마리가 있었지. 그런데 어느 술주정꾼의 술잔에 빠졌다가 겨우 목숨을 구하여 달아났단 말이야. 술주정뱅이의 술잔에 들었으니 날개와 온몸이 술에 흠뻑 젖어서 기운이 하나도 없었거든."

"호호호……."

"왜 웃느냐?"

"술에 곯은 셈이로군요."

"그렇지. 술은 먹지 않고 아주 술독에 빠진 셈이 되었지. 그리하여 온몸이 술에 마비되어 정신을 수습할 수 없는 터에 아예 몸조차 가눌 수가 없었더란 말이야. 우선 술에 크게 곯았는데, 술에 크게 취하면 왜 생각나는 게 있지 않은가?"

"무슨 생각인가요?"

"계집 생각이 자연히 간절한 거지. 너희 계집들도 술 먹으면 남자 생각이 나지 않은가?"

"호호호……."

"나면 난다고 그래라."

"그래, 나요."

"그와 마찬가지였지. 그래 파리란 놈이 술에 대취한 후 여자 생각이 사뭇 간절하여 몸을 가눌 수가 없을 지경이었는데, 글쎄 그놈이 사방을 휘휘 둘러보는 것이 아닌가?"

"왜요?"

"혹시 계집이라도 없는가 하고."

"파리가 계집은 왜요?"

"술에 취했으니까."

"호호호. 술에 취하면 파리도 그런 생각이 나나요?"

"그렇지. 마침 여름인지라 안방을 바라보니 그 집 젊은 며느리가 속옷 바람으로 네 활개를 벌리고 정신없이 자고 있었던 말이지. 그래 술에 취한 파리가 다시 생각하기를 이왕이면 취한 김에 계집 맛이나 한번 실컷 보겠다고 단단히 각오를 한 끝에 며느리의 속옷 속으로 쓰윽 기어들어갔거든. 한참 깊숙히 들어갔더니 글쎄 그 곳에서 유월 열풍에 기막힌 훈향이 풍겨오더란 말일세. 파리는 비록 술에 취하기는 하였으나 정신이 아찔했거든. 그래, 더욱 흥미를 느낀 그놈은 한번 더 아주 깊숙한 위치에까지 침입했단 말야."

"원 저런."

"파리는 밀림 지대를 통과하는데……"

"밀림 지대라뇨?"

"왜 자욱한 숲이 우거진 곳 말야."

"숲이 그리 대단하게 우거졌을라구요."

"자욱하고말고. 그 곳에 한번 걸리면 큰일나지."

"호호호……"

"그리하여 파리란 놈은 용의주도하게 거기를 통과한 다음 깊은 계곡을 따라 위로 위로 더듬어 올라갔거든."

"저런 놈 봐라."

"왜 그러나?"

"남의 소중한 곳을 함부로…… 그래, 그놈이 어찌 됐나요?"

"파리란 놈이 밀림을 무사히 통과하고 나니, 그 다음부터는 정신이 빙빙 돌아갈 지경이었거든. 그놈이 더욱 취하고 또 황홀하여 어찌할 줄을 모르는데, 가장 깊은 처소에 누워서 그곳을 핥고 있었단 말이야."

"원 저런 놈 봤나!"

"한참 핥으니 더욱 정신이 아슬아슬한데 마음은 더욱 황홀해 오고……"

이 때 서림이 한쪽 눈을 슬며시 감고는 재채기를 연발하였다.

월화는 서림의 갑작스런 재채기에 재미있다는 듯 마구 웃어제꼈다. 서림은 월화의 그 자지러지게 웃는 얼굴이 어떻게나 고운지 자신의 구곡간장을 녹이는 것만 같았다.

"얘야, 사실 파리도 파리려니와 당장 내가 너에게 죽을 지경이다."

말을 마치자 서림은 월화에게 바짝 다가와 붙어 앉았다. 월화는 사뭇 부끄럽다는 듯이 서림을 살짝 밀었다.

"망칙해라. 파리란 놈만 망칙한 줄 알았더니……"

"그거야 파리뿐이겠느냐. 모든 본능을 가지고 있는 동물들이란 전부가 그렇게 네 말처럼 망칙하겠지. 그러나 그게 어디 망칙한 것이냐. 실로 말할 수 없이 아름다운 것이지."

"아름답긴 뭐가 아름다워요."

"하물며 사내와 계집이 서로 어울려 그 짓을 하는 것이 아름다운 게 아니고 무엇이겠느냐?"

"호호호…… 아까 파리 얘기나 마저 하세요."

"그러쟈."

서림은 한번 헛기침을 한 다음 그 능청스런 입을 다시 열었다.

"그래 그놈이 그 오묘한 곳에서 스스로 생각하기를 이제 술에도 곯았고 색에까지 곯았으니 더 곯래야 기운이 모자랐더란 말이지……"

"정말 주색에 곯았구먼요."

"암, 아까는 술에 곯고 지금은 색에 곯은 셈이지. 주색에 마냥 곯았으니 이제는 푹 쉬어야겠다고 생각하고는 그곳을 떠나려는데 아쉬운 생각이 들더란 말이지."

"그렇게 아쉬울까요?"

"아쉽고말고."

"실컷 했다면서요."

"실컷 했어도 아쉬운 것은 역시 아쉬운 거지."

"그럴까요?"

"물론이지. 쓰린 가슴을 부둥켜안고 파리는 천정으로 날았단 말야."

"천정으로요?"

"그래. 천정으로 날다가 하도 기운이 없어서 그냥 도로 땅에 떨어졌는데, 하필이면 그 젊은 며느리의 배꼽 부근에 떨어졌지 뭐냐."

"저를 어째요."

"그래 가만히 생각하니 기왕 쉴 바에야 여기 푹신한 곳에서 쉴까 하는데 마침 그 집 남편놈이 논 매러 갔다가 들어오더니 다짜고짜 잠자는 아내의 위로 올라앉더란 말일세."

"원 저런."

"할 수 없이 파리란 놈은 피곤한 몸을 이끌고 벽을 향하여 한 발자국 두 발자국 기어오르는데 천정에 거의 당도하여서는 날개를 그냥 쭉 뻗고 다른 파리 옆에 쓰러져 혼곤히 녹초가 되어 버렸어."

"그래, 어찌 되었나요?"

"옆에 누워 있던 다른 파리가 한다는 말이 '여보게, 자네는 대낮에 무슨 짓을 하였기에 그리 녹초가 되었는가' 하니까. 그 파리란 놈이 '말 말게, 방금 주색에 곯았다네' 하고 말했다는군."

"정말 그랬을까요?"

"그랬구말구."

"호호호……"

"하하하핫."

밤이 깊어졌다. 오입쟁이 서림은 드디어 월화를 품에 안았다.

"나으리."

"왜 그러느냐?"

"나으리도 주색에 곯으시려우?"

"이년아, 힘 좋은 사내는 주색에 곯지 않는다."

"정말이세요. 정말 힘이 좋으세요?"

"좋구말구."

"그 전 사또만이나 하세요?"

"그자가 얼마나 세던?"

"말할 수 없어요."

"하룻밤에 몇 번을 하더냐?"

"헤아릴 수도 없어요. 밤잠을 잘 수가 있어야지요."

"밤새도록 들볶더냐?"

"들볶구말구요. 나으리두 생각이 있으세요?"

"무슨?"

"밤새도록 말이에요."

"별 소릴 다하는구나."

"다 들었어요."

"뭘?"

"월매 형님한테서요."

"그년이 뭐라고 하던?"

"밤새도록 아주 죽을 지경이었다구요."

"그년 봐라."

"호호호……"

그리하여 새벽이 오는 줄도 모르고 서림은 나긋나긋한 월화를 품은 이불 속에서 흐뭇함을 느끼고 있었다.

음담패설

색을 행하려면 본시 모든 여유가 다 갖추어져야 하는 법인데 서림은 여유도 없는 주제에 여색에 탐혹하게 되었으니 스스로 그 몸을 망치지 않을 수 없었다.

그래서 옛말에도 어떤 일을 행하다가 나머지 힘이 있거든 색을 밝혀도 좋다고 하였던 것이다.

서림은 월화를 품은 이불 속에서 혼자 중얼거렸다. 이 방을 하는 수년 동안 공금을 횡령한 것이 상당한 액수였고, 월매 이하 여러 기생들에게 물쓰듯 한 것도 다 그 횡령한 공금에서 흘러나온 것이었다.

서림은 자신의 그러한 행위가 탄로나기 전에 계집의 보드라운 살결이나 실컷 주물러 보자는 심산이었다.

서림은 월화의 육체에서 풍기는 그 말할 수 없는 풍만

한 향기를 느끼면서 인생 최고의 쾌락은 역시 색도에 있음을 다시 한번 확인했다.

나이 스물을 조금 넘었을까 한 월화의 육체는 실로 놀라운 탄력을 소유하고 있었다.

더욱 서림을 놀라게 했던 것은 월화의 유방이었는데 볼록한 언덕 모양으로 조그만 구릉을 이룬 그녀의 젖무덤을 어루만지고 있을라면 세상의 어떤 시름도 잊혀지는 듯했다.

서림은 월화의 젖무덤을 조심스럽게 어루만지며 핥았다.

"아이, 간지러워……"

월화가 몸을 비비 꼬며 말했다.

"간지럽긴 뭐가 간지러워……"

"아이, 간지러워요."

월화가 두번째로 간지럽다고 하였을 때 서림은 와락 달려들어 월화의 유방을 갓난아기처럼 함부로 주무르기 시작했다. 그러면서 이따금 그 특유의 웃음을 흘렸다.

월화가 서림을 보고 물었다.

"나으리, 왜 웃으세요?"

"웃는 이유를 말하면 네 허리가 부러질까 봐 말을 못하겠다."

"나으리도 참 별 말씀을……"

"우후후후……"

"아이, 나으리도……"

"모름지기 계집이란 몸을 잘 주물러주어야 하는 법이

니……"

서림은 더욱 힘을 들여 월화의 몸을 만지작거렸다.

"아휴, 아파요."

"이년아, 아프긴 뭐가 아프냐?"

"아픈 걸 아프다고 하지 어째요."

"흐뭇하지 않고? 계집이란 몸이 제일이다."

"왜요?"

"예전에 시아비가 며느리의 유방을 빤 일이 있었지……"

"그 얘기 좀 해 주세요."

"함부로 할 수 없지."

"왜 함부로 못해요? 값은 지금 제 몸으로 때우고 있잖아요."

"몸으로 때운다?"

"이러면 몸으로 때우는 것이 아니고 뭐예요."

"그렇긴 하군."

"그럼 해보세요"

"예전에 시 잘 짓는 사람 중에 녹차라는 사람이 있었지. 녹차가 어느 마을을 지나가는데 햇빛이 잘 드는 곳에 노인 십여 명이 주욱 늘어앉아서 얘기를 나누고 있는 것을 보았지."

"그래서요?"

"그 중 한 노인이, '그래 며느리 유방을 빠니 기분이 어떻더냐'고 묻는 것이 아니겠나. 낯이 붉어지는 노인을 여러 노인들이 놀리고 있었던 거지."

"그뿐이에요?"

"왜 그뿐이겠니? 녹차가 그 꼴을 보고 글을 지어서는 집어 던지고 뺑소니를 쳤지."

"왜 도망을 쳤나요?"

"욕을 썼거든."

"뭐라고요?"

"으응, 부기연상(父其嚥上)하고 부연기하(夫嚥其下)라."

"그게 뭔데요?"

"시아비는 그 위를 빨고, 지아비는 그 밑을 빤다라는 뜻이지."

"호호호……"

"웃긴……"

"아이, 우스워 죽겠어요."

"또 있으니 가만히 들어 보거라. 상하부동(上下不同)하고 기미즉동(其味卽同)이라."

"그게 무슨 말이에요?"

"아래와 위가 같지 않으나 그 맛은 같구나, 라는 뜻이지."

"호호호. 아마 그럴 거예요."

"뭐가?"

"아래 위가 다르긴 하지만 그 맛이야 다르겠어요?"

"그야 물론이지."

"호호호……"

"부연기감(父嚥其甘)하고 부연기산(夫嚥其酸)이라."

"그건 또……?"

"시아비는 단 것을 빨고, 지아비는 신 것을 빤다."

"단 것은 뭔데요?"

"젖이 달지 쓴가?"

"그렇구먼요. 호호호……"

"왜 또 웃나?"

"난 아직 신지 단지 몰라요."

"모르면 가르쳐 주마."

"아이, 싫어요."

"감산부동(甘酸不同)이나 기미즉동(其味卽同)이라."

"달고 신것이 다르지만 그 맛이 같다, 이 뜻이지요?"

"그래. 잘 맞추는구나."

"그것뿐이에요?"

"왜 그뿐이겠느냐?"

"빨리 하세요."

"그래, 부연기이(父嚥其二)하고 부연기일(夫嚥其一)이라, 일이부동(一二不同)하고 기미즉동(其味卽同)이라."

"시아비가 빠는 것은 둘이고 지아비가 빠는 것은 하난데, 하나와 둘은 같지 않으나 그 맛은 같다, 이 뜻이지요?"

"이제 아주 능숙해졌구나. 제법이야."

"나으리, 그런 얘기 하나 더 해보세요."

"그런 얘기 듣곤 음탕을 즐기려고……"

"나으리는요?"

"나야 물론이지."

"호호호……"

"왜 웃느냐?"

"나으리의 물건이 성을 내서요."

"어떻게 됐는데?"

"무슨 송곳 끝과 같구먼요."

"그전에 중과 속인(俗人)이 싸움한 글이 있느니."

"해 보세요."

"속인이 중의 머리를 만져보니 반들반들했단 말야. 그래서 속인이 읊기를 중대가리 반들반들하기가 땀 난 말불알과 같구나 했지."

"호호호 호호호."

"그렇게 우스우냐?"

"우습고말구요."

"그 다음이 더 걸작이지."

"뭔데요?"

"중이 화가 났거든, 그래서 속인의 상투 뾰족뾰족하기가 앉은 개 그것과 같구나 했지."

"호호호 호호호."

"그래, 누가 이긴 것 같으냐?"

"중이 이긴 것 같아요."

"그렇다. 중이 이겼다."

"나으리."

"왜, 딴 생각이 나느냐?"

"호호호호."

"이년이 봄기운이 솟나!"

“나으리.”

“왜?”

“······”

월화가 야릇한 눈으로 서림의 얼굴을 응시하는데 그 눈이 확연히 전과 달랐다. 서림이 월화의 흐벅진 데를 한번 주무르니 월화가 끄응 하고 안간힘을 썼다.

서림은 어쩔 줄을 모르고 흥분하다가 잽싸게 계집을 품었다. 방안에는 둘만이 있을 뿐 서림과 월화의 높은 숨 소리만이 들릴 뿐이었다.

“나으리.”

“왜 그러느냐?”

“나으리 덕분에······”

“나으리 덕분에 뭐냐?”

“아이······”

월화의 얼굴이 더욱 붉어졌다. 서림은 알았다는 듯 월화를 더욱 힘껏 껴안았다.

“오오, 그래. 내 덕에 그것을 알았단 말이지.”

“아이 나으리두······”

“알겠다. 앞으로 가끔 그 맛을 알게 해 주마.”

“나으리.”

“왜?”

“앞으로 자주 오세요.”

“그래도 너무 잦으면 안 된다. 별미가 없어져.”

“설마 그럴라구요.”

“신흥사 지푸라기라는 얘기도 못들었느냐?”

"그 말을 듣긴 들었어도 그 뜻은 무엇인지 모르겠는걸요."

"그럴거다."

"아이 얘기해 주세요."

"무얼로 값을 치를 테냐?"

"지금 값을 치르지 않았나요."

"그야 피장파장이었지. 누이 좋고 매부 좋았으니 말이다."

"호호호."

"어쩔까?"

"무얼요?"

"얘기 값을 말야."

"아이, 저를 더 주무르시면 되잖아요."

"요것아 너만 좋으라구."

"나으리는요?"

"나야 뭐……"

"얘기나 빨리 하세요."

"그래, 옛날 한양 신흥사에 상좌와 그 스승이 살았느니. 그런데 둘이서 고독하게만 살고 있었으니 얼마나 계집 생각이 간절했겠느냐. 그건 늙은 중이나 젊은 중이나 마찬가지였지. 아니지 오히려 늙은 중이 더욱 간절했는지 모르지. 그 때 마침 어느 봄날이었는데 궁녀 한 사람이 중전마마의 특명으로 백일 기도를 왔었더라네."

"젊은 궁녀였나요?"

"물론이지. 젊고 아름다운 궁녀였지. 그래, 두 상좌와 스승은 젯밥에만 마음이 있다는 격으로 백일 기도에는 마음이 없고 젊은 궁녀의 일거수 일투족에만 마음이 갔었더란 말일세. 하나에서 열까지 젊은 궁녀가 예뻐 보이는데 기도가 잘 될리가 있겠는가. 처음에는 궁녀의 전체 모습이 다 고와 보이더니 하루 이틀 묵으면서부터는 눈, 코, 입 하며 모든 것들이 곱게만 보이더란 말이야. 하여간 이제 두 사람은 한 사람의 젊은 궁녀를 꿈 속에서 까지 그리워하게 되었는데…… 어느 날 저녁이었지. 젊은 궁녀가 밤 기도를 시작하기 전이었는데 마침 오줌이 마려웠거든."

"저런."

"그래, 법당 한 모퉁이에서 사방을 살피고는 오줌을 누기 시작하였단 말이야. 그 광경을 스승은 자기 방 문틈으로 구멍을 내고 내다보았고 상좌는 또 상좌대로 그것을 내다보고 있었거든."

"오죽 했으면 그랬을라구요."

"그러게 말일세. 그런데 그 젊은 궁녀는 조심조심 오줌을 누었는데 마침 눈다는 것이 오줌을 지푸라기 위에 누었단 말야. 마악 궁녀가 오줌을 누고 방으로 들어가는 순간 번개 같이 상좌가 달려가더니 그 지푸라기를 주워 손에 들고 비벼댔지. 이 때 스승은 문틈으로 이를 내다보다가 그만 넋을 잃고 말았거든."

"그건 또 왜요?"

"스승이 그걸 가지려고 하였는데 벌써 상좌 녀석이 먼저 차지해 버리고 말았으니 말이야."

"아주 분하게도 됐구먼요."

"분하고말고 여부가 있나. 그걸 바라보고만 있으려니 기가 막혔겠지. 한편 상좌 놈은 한참 동안 우물쭈물 하더니 고이춤을 까고……"

"호호호……"

"왜 우스운가?"

"오죽이나 굶주렸으면 그랬을라구요."

"아무렴."

"그래, 어떻게 됐나요?"

"상좌 놈이 고이춤을 까고는 그것을 내놓더니 지푸라기를 거기에다 칭칭 감고 앉았더란 말이야."

"호호호호."

"왜 웃나?"

"아이, 허리 부러지겠어요."

"오죽이나 하고 싶었으면 그러 했겠나. 한편 방안에서 이를 내다보고 있던 스승은 이거 큰일났다고 생각했는데……"

"아니, 왜요?"

"상좌란 놈이 그 지푸라기를 하나도 남기지 않을 눈치니까."

"그래서요."

"그 때 스승이 벼락같이 고함을 지르면서 다그쳤지. 아닌 밤중에 홍두깨라더니 그만 상좌는 그 지푸라기를 감다가 기절초풍을 할 지경이었지."

"그뿐이에요?"

"아니야. 얘기를 좀 더 듣게. 벼락 같은 고함 소리가 뭐라고 했는고 하니 '이놈아, 그만 감고 조금 남기지 못하겠느냐' 하고 말하더란 말일세."

"호호호호."

"우스운가?"

"나으리 말씀이 더 우스워요."

"하여간 상좌는 가슴이 철렁하는 속에서도 그만 스승에게 죄송스러운 생각이 나서 '스승님, 그렇잖아도 조금은 남기려고 그랬습니다' 하고 말하더라네. 그래서 감다 남은 지푸라기를 또 스승은 그 어둠이 짙어오는 속에서 감고 있었지."

"호호호호."

"자, 이제 얘기 값을 내야 되지 않나."

"호호호호."

자지러지게 웃는 월화를 서림은 또 한번 다부지게 품었다. 어찌나 서림이 다부지게 품었던지 월화는 연거푸 앙탈을 부렸다.

"네가 아직은 처녀 같은 데가 있는 모양이구나."

"나으리두…… 아이, 죽겠어요."

"요것이……"

서림은 자꾸 월화의 살을 거세게 애무하였다. 월화도 싫지는 않은 듯 서림을 제 품에서 밀어 내지는 않았다.

"나으리."

"왜 그러느냐?"

"나으리가 천하의 오입쟁이라면서요?"

"누가 그런 말을 하던?"

"누가 하긴 누가 해요. 소문이 그렇게 났으니 알지요"

"나처럼 색도에 청렴한 사람도 없을 거다."

"호호호."

그날 밤 서림은 거의 밤을 새다시피하며 월화와 시시덕거리며 진탕 놀았다.

해가 한나절이나 되어서야 서림은 겨우 일어났는데 월화는 벌써 부엌에서 아침을 장만하고 있었다. 밥과 찌개 끓는 소리가 서림에게 아련히 들려 왔다.

"나으리."

월화가 서림을 불렀다.

"……"

서림은 일부러 대답을 안 하고 누워 있었다.

"나으리, 이제 그만 일어나세요."

"네가 무슨 걱정이냐?"

"그러다 이방에서 쫓겨 나겠어요."

"허허, 별걱정을 다하는구나. 근데 밥은 벌써 푸느냐?"

"네."

"밥 많이 담아라."

"피곤하실 텐데. 밥을 많이 담으면 그걸 다 잡수시게 요?"

"본시 많이 담는 법이니. 밥 많이 담는 유래를 너는 모르는 게로구나."

"어디 밥 많이 담는 애기나 해 보세요."

"값은 무엇으로 치르려고……"

"이 다음부터는 우리 집에 안 오시게요?"

"그건 아니고. 오냐 해 주지. 함경도에서는 부엌과 안방이 한곳에 있어서 칸을 막지 않으니라. 그런데 어느 날 아침 아들 삼형제를 둔 모친이 밥을 담고 있었느니. 남편은 마당을 쓸고 있었고. 그 때 맨 끝에 있는 놈이 밥투정을 했는데 뭐라고 했는고 하니……"

"뭐라고 했어요?"

"아버지 밥만 많이 담고 내 밥은 조금 담고 하면서 밥투정을 하였거든. 그 때 스무 살이 겨우 될락 말락 한 맏아들이 한다는 소리가 '이놈아, 징징거리기는 왜 징징거려. 아버지 밥이 많은 이유도 몰라. 아버지야 어머니를 위해 밤마다 일을 해주니까 많이 담는 거지' 하고 말했단 말이야."

"호호호……"

"우스운가?"

"우습고말고요."

"그 때 마당을 쓸고 있던 그 아비가 빗자루를 내동댕이치고 고함을 지르며 '이놈들아 허긴 뭘 하느냐'고 고함을 쳤거든……"

"이거 아주 큰일났구먼요."

"그 때 그 모친이 밥 푸는 주걱을 놓고는 남편을 꾸짖어 달래며 하는 말이 또한 걸작이야."

"뭐라고 했는데요?"

"'여보 망녕 작작하우. 어린 것들이 그 짓을 알면 얼마나 안다구. 또 한번 하면 얼마나 하겠다구 이 야단이우'

하고 달랬거든. 어떤가?"

"호호호호. 아이고 배꼽이야."

월화는 얼마나 우스운지 거의 울상에 가까운 표정을 지으며 말했다.

서림과 월화는 신혼인 부부 모양으로 겸상하여 조반을 들었다. 서림은 새로 담근 김치와 깍두기가 유별나게 맛있는 듯했다. 깍두기를 한 개 입에 넣고 씹다가 서림이 피익 하고 웃었다.

"왜 웃으세요?"

"하하하하."

"허파에 바람이 드셨나."

"하하하하. 너는 김치 깍두기의 유래를 아느냐?"

"그건 또 뭐예요. 어디 또 해보세요."

"예전에 농사꾼 부부가 살았지. 그런데 젊은 아내가 한 동네 사는 힘 좋은 머슴과 눈이 맞았지 뭐냐."

"원 저런 죽일 년을 좀 봐."

"죽일 년은 뭐가 죽일 년이야. 보통이지."

"호호호……"

"그래, 노상 머슴을 자신의 그곳에 담그고 있었지."

"어디다가요?"

"젓갈 담그듯이……"

"호호호……"

"왜 웃느냐?"

"망칙해서요."

"그게 인간으로서 사는 일중에 최고의 기쁨이니라."

194 외설 임꺽정

월화의 얼굴이 더욱 상기되었다. 밥상을 받은 채였지만 서림은 월화의 두 귀를 잡아 당겨 발그레 상기 된 볼을 맞추었다.

"그렇게 밤새껏 주무르고도 볼을 맞추세요?"

"백 번이면 어떻고 천 번이면 어떠냐."

"그러다 정 들면 어쩌게요."

"정 들면 장단 고을을 한꺼번에 긁어 먹자꾸나."

"호호호……"

"그것 참 귀엽기도 하다."

"나으리."

"왜 그러느냐?"

"오늘 저녁엔 안 오시겠어요?"

"오지 말라구 해도 와야겠다."

"나으리."

"왜?"

"제가 그렇게 좋으세요?"

"좋은 걸 좋다고 하지 나쁘다고 하겠느냐."

"나으리도……"

살짝 눈을 흘기는 월화의 모습은 또 한번 서림의 애간장을 녹이는 것만 같았다. 서림이 정이 담뿍 담긴 어조로 월화를 불렀다.

"월화야."

"왜 그러세요?"

"이제부터라도 사또를 섬기지 말거라."

"기생으로 일부종사가 가당이나 한가요?"

"왜 자신이 없느냐?"

"못할 것도 없지만 어디 인간의 일이 맘대로 되야 말이지요."

"맘대로 안 된다?"

"나으린 맘대로 되는 게 있으세요?"

"오늘 저녁 너와의 밤은 맘대로 될 것 같은데."

"호호호……"

"웃기는 왜 웃느냐?"

"그러지 마시고 진지나 어서 드세요."

"너하고 시비를 가리다가는 도끼 자루 썩는 줄 모르겠다."

"도끼 자룬 또 뭐예요?"

"도끼 자루도 모르냐?"

"모르겠어요."

"예전에 한 사람이 있었지. 그래 깊은 산으로 나무 하러 갔었어. 한참 도끼로 나무를 찍다가 건너편 으슥한 숲 속에서 피리를 부는 이상한 노인을 만났거든. 던저 노인이 나무꾼을 불렀지. 왜 그러느냐고 나무꾼이 대답하니 무엇이 그리 바쁘냐면서 자기를 한번 따라오라고 하지 않겠나. 그래서 나무꾼은 그 노인을 따라 한참 산을 올랐지. 어느 마을에 이르고 보니 정말로 무릉도원이 있었단 말이야. 그래 두 사람이 한참 동안 놀다가 그만 날이 저물었어. '하룻밤만 여기서 머물다 가세요' 하는 바람에 나무꾼은 그냥 그곳에서 하룻밤을 잤거든."

"집에 돌아갈 생각도 않고요?"

"그럼, 그곳에서 하룻밤 자고 나니 대접이 어찌나 융숭한지…… 그곳엔 없는 것이 없었거든. 예의를 다해서 극진히 대하니 떠날 생각이 없었단 말이야. 주인이 자꾸 하룻밤 더 하룻밤만 더 하는 바람에 그냥 줄곧 사흘을 계속 지냈거든. 드디어 사흘 되던 날에 나무꾼은 그 노인을 보고 그만 집으로 돌아가야겠다고 말했지."

"그래 허락했나요?"

"처음엔 말리다가 하도 가고 싶다고 하니, 그럼 가기는 가되 자신을 원망하거나 후회하지는 말라고 했지."

"왜요?"

"여기서 비록 사흘밤을 지내기는 했으나 여기 사흘은 인간의 백오십 년에 해당하니 그래도 가겠냐고 하였지."

"하루가 오십 년이 되는 셈이네요."

"그런 셈이지. 나무꾼은 말리는 것을 무릅쓰고 옛날 나무하던 곳에 와서 보니 글쎄……"

"호호호. 알겠어요. 도끼 자루가 썩어 있었겠지요."

"그래, 완전히 썩은 도끼 자루를 들고 그는 하는 수 없이 세상으로 내려가 보았지. 그런데 가보니 아는 사람이 있어야지. 집터는 쑥밭이 되었고 동네 사람은 한 사람도 아는 이가 없고, 옛날 이야기를 하였더니 동네 사람 하나가 그 집 할아버지가 산에 들어가서는 그냥 돌아오지 않았다는 얘기는 있습니다. 하고 말하는 게 아니었겠나"

"원 저런……"

깊고도 넓은 곳

서림이 너무 늦은 시간에 관가로 가니 여러 아전들이 서림의 얼굴을 쳐다보며 수군거렸다. 그중에 나이 많은 예방이 힐난하듯 물었다.

"이방 얼굴이 왜 밤새 망가졌소?"

그러자 옆에서 또 형방이 말을 거들었다.

"아마 밤새도록 계집만 밝힌 모양이군."

공방은 본시 말이 없는 사람인데도 서림의 몰골이 많이 핼쑥해져 있었던지 빈정거리기까지 하는 것이었다.

"이방이 아마 바람이 확실히 나신 모양이오."

그러자 모든 아전들이 허리를 쥐고 웃기 시작했다. 서림은 무안하기도 하고 동료 아전들을 볼 면목이 없기도 해서 그들을 따라 살며시 웃었다.

그리고 여러 아전들 앞에서 한바탕 음담패설을 늘어
놓는 것이었다.

"깊고도 넓은 이치를 내 애기해 볼까 하니 여러분 들
어보시오."

서림이 드디어 애기판을 벌리니 서림의 애기라면 입에
벌써 군침을 삼키는 여러 아전들이 반갑게 맞장구를 쳤
다.

"그래 깊고도 넓은 이치란 대체 뭐요?"

부사에게 아침 문안과 조례를 다 치르고 난 이청에서
는 별로 하는 일이 없었다. 서림이 잔기침을 한번 한 다
음 말을 계속하였다.

"참으로 오묘한 이치가 있지요. 그전에 충청도에 박,
석, 김 세 사람이 살고 있었지요. 그 세 사람이 가을 김
장철에 재미를 보려고 소금과 생강, 고추 한 섬씩을 충
청도에서 해 싣고 제물포로 해서 한양에다 팔려고 그만
충청도를 떠난다는 게 다방골 기생년들의 불가마에 걸려
들었단 말이지요. 한양 기생이 시골 놈팽이들을 만났으
니 그냥 둘 리가 있나. 그래, 그만 기생들에게 장사할 물
건을 모조리 빨리웠단 말이오."

"그 많은 물건을 다 어디다 빨렸단 말인가?"

"그 속에 다 빨렸지요."

"오오라, 그 깊고도 넓다는 곳에……"

"그렇지, 바로 그 이야기요. 지금 하려는 얘기가."

"깊고도 넓은 이라……"

"하하하……"

"그런데 물건을 다 빨리운 자들이 서로 의논을 하였지요."

"뭐라고?"

"우리 이왕 한양에서 오입을 하는 김에 그 제물포에 있는 배 세 척까지 모조리 팔아먹자구 말이오. 그래서 배 세 척이 또 올라왔지요."

"저런. 그래 결국 어찌 됐나?"

"결국 배 세 척까지 다 팔아 먹고 한다는 소리가……"

"그래서……"

여럿은 침을 삼키며 서림의 얘기에 귀를 기울이고 있었다.

"먼저 소금 한 섬을 다 팔아 넣은 자가 '그 한양 다방골 기생년 어찌나 독한 년인지 소금 한 섬을 다 먹고도 물 한 모금 안 들이키데그려' 하고 그랬단 달이지요."

"다음은?"

"그 다음은 고추 한 섬을 다 팔아 넣은 자가 말하기를 '다방골 그년이 어찌나 독한지 고추 한 섬 다 먹고도 재채기 하나 없었다네' 하였지요."

"음. 이제 한 사람 남았군."

"그 생강 한 섬 다 팔아 넣은 자가 말하기를 '그 독한 기생년들이 이빨도 없는 것으로 한 섬의 생강을 다 먹어 치우고 말았네' 하고 말했지요."

"하하하. 기막힌 소릴세."

여러 아전들은 서림의 말에 배꼽을 쥐며 시원스럽게 웃어제꼈다. 그러나 서림은 얘기가 아직 끝나지 않았다고 타이르며 얘기를 계속했다.

"그뿐인 줄 아시오? 깊고도 넓은 이치는 아직 얘기하지도 않았소."

서림은 제 얘기에 제가 취한 듯 자못 의기양양하게 말을 이었다.

"그래, 생강을 다 팔아 치운 자가 한다는 말이 '아 글쎄, 독한 년들이 배 한 척을 그 위에 또 다 먹고도 이놈의 동굴이 어찌나 깊고도 넓은지 돛대 끝도 잘 보이지 않더군' 하고 말했지요."

"하하하……"

"근사해."

서림의 얘기가 끝나자 모두들 서림을 격찬하지 않는 이가 없었다. 그중에서 예방이 한술 더 떠서 말했다.

"우리 이방만큼 얘길 잘 하는 사람은 만고에 없을 거야."

서림은 그 말에 어깨가 으쓱하여 어쩔 줄을 몰라했다. 그날 밤도 서림은 일찌감치 일을 마치고 다시금 월화의 집으로 달려갔다. 그런데 아직 저물지도 않은 방에 사람의 기척이 있는 것이었다.

"……?"

누군가 하고 서림이 고개를 갸웃거리다가 문득 가슴 속에서 무서운 질투의 불꽃이 서림의 가슴 속에서 불타오르기 시작했다. 그러나 서림은 방안의 동정을 한번 지켜보기로 마음을 고쳐 먹었다.

"누가 오랬어!"

월화의 매서운 목소리가 맨먼저 들려왔다. 그리고 잘 들리지는 않았으나 소년의 소리가 들려오는 것이었다.

"그만 가."

월화의 앵도라진 소리가 방안에서 다시 들려 왔다. 그러자 사내의 분명한 목소리가 똑똑히 들려오는 것이 아닌가.

"흐흥. 죽자 사자 할 땐 언제고…… 우리 그러지 말고 한번만 안아나 보자구."

말을 마친 사내는 이번엔 월화에게 달려들려고 했다. 월화는 더욱 앵도라지며 달려드는 사내를 밀어제꼈다.

"되지 못하게 왜 이래!"

"되지 못해? 누가 되지 못하냐. 사또 수청 드는 기생 주제에. 그래 이방과도 좋아 지내면서……"

"이자식이 뭐라고! 아무하고 좋아 지내건 네가 무슨 상관이냐."

사내는 계속 치근거리며 월화에게 덤벼들었다.

"그러지 말고 코나 한번 만지고 그만 헤어지자."

"더러워."

"더럽긴. 그러지 말고 한 번만 만지자니까."

"괜히 되지 못하게 이러지 마. 정말 이러면……"

"한 달에 한 번씩만 하자고 누가 먼저 말했어?"

"그만 가."

"못 가겠다."

"안 가면 소리 지를테야."

"흥!"

그러자 월화가 사내에게 침을 뱉었다. 사내는 화가 치민 듯 월화의 뺨을 철썩 때렸다.

서림은 더 이상 참을 수가 없어서 소리를 버럭 지르고 문을 열고 안으로 들어갔다. 그런데 그 사내는 같은 관가에 있는 수통인이었다.

재차 서림이 호통을 치니 그 수통인은 아무 소리 않고 그냥 문 밖으로 줄행랑을 쳤다.

따귀를 한 대 맞은 월화는 볼이 부었는지 말없이 물끄러미 서 있었다.

서림은 화가 난 듯 월화에게 먼저 말하였다.

"너 같은 것하고는 이제 마지막이다."

월화가 그 말을 듣고 서림의 소매 자락을 붙잡으며 말하였다.

"나으리, 소녀를 죽여 주세요."

"내가 기생 죽이는 백정이냐?"

"……"

"어서 놔라. 정말 기생들이란 더럽구나. 이것 놓으라니까."

월화는 서림의 소매 자락을 단단히 부여 잡으며 애원하였다. 그러나 서림은 이번에 단단히 혼내주려는 눈치였다.

"기생 기생 말로만 들었는데 정말 해괴망칙하구나."

이번엔 월화가 훌쩍훌쩍 울기 시작했다.

월화의 우는 얼굴을 바라보던 서림은 마음이 약해졌다. 그리고 그 우는 모습에서 새로운 아름다움을 발견하는 듯했다.

"웃는 얼굴에 침 못 뱉는다더니 우는 얼굴엔 더 꼼짝 못하겠구나."

"나으리……"

월화는 서림의 곁으로 덤벼들어 안기는데 서림은 여자의 힘이 그렇게 센 줄은 미처 알지 못하였다.

"그만 얼굴을 들어라."

월화가 고개를 드니 서림이 보기에는 눈물이 흠뻑 젖은 월화의 얼굴은 마치 한 송이 백합 위에 고운 이슬이 서린 듯하였다.

"계집은 우는데 또한 아름다움이 있구나."

"나으리, 용서하세요."

"용서 못 하겠다."

그러자 월화는 다시 울상을 지었다. 그런 월화를 끌어 안고 어루만져 주었다. 그제서야 월화는 서림에게 감격한 듯 서림의 품에 깊숙히 안겼다.

"나으리, 이제 다시는 그러지 않을 거예요."

"어서 술상이나 보아 온."

"네……"

월화가 부엌으로 술상을 보러 나가고 서림은 아랫목에 넌지시 네 활개를 펴고 드러누웠다.

이윽고 월화가 술상을 받쳐들고 방으로 들어왔다. 촛불이 환히 방안을 비치는데 월화의 모습이 아까보다도 더 수줍은 듯이 보였다.

"술 한잔 드세요."

"……"

"나으리, 무슨 생각을 하고 계세요?"

"……"

"아직도 불쾌하세요?"

"……"

서림이 한동안 말을 안 하고 있으니 월화는 불안하지 않을 수 없었다.

"그래 수통인놈하고는 언제부터 관계가 있었는가?"

"……"

"말 못할 비밀은 아니지 않느냐?"

"그놈이 글쎄 어느 날……"

월화는 더 이상 말을 잇지 못했다.

"그래 어느 날 어찌 되었느냐?"

"사또가 와서 주무시고 가던 날이었어요. 밤새도록 부사에게 시달림을 당하고 아침 늦게까지 잠을 자고 있었지 뭐예요. 세상 모르게 자고 있었는데 그놈이 글쎄 제 이불 속에서 뒹굴고 있지 뭐예요."

"뒹굴기만 했나?"

"그놈이 뒹굴고 있을 때는 이미 일을 다 끝낸 후였어요."

"겁간을 당하는 것도 몰랐단 말인가?"

"사또가 그 날은 어찌 된 셈인지 밤새 한잠도 못 자게 들볶았어요. 뜬눈으로 새고 나서 새벽 잠을 자고 있는데 글쎄 천하에 무도한 놈이 몸을 훔쳤지 뭐예요."

"아니, 그런 놈을 그냥 뒀어?"

"그냥 두지 않으면 어쩌겠어요."

"네가 은근히 그놈을 좋아한 모양이로구나."

"나으리도 별소릴 다하세요."

"에라, 술이나 한잔 따르거라."

월화의 술을 따르는 모습은 싸움을 하고 난 후라서 그런지 더 한층 아름답게 보였다. 서림은 벌써 사십을 넘은 노년이었지만 계집을 품고 싶은 마음은 사그러들지 않았다.

"월화야."

"……"

"나를 사내로 맞이하고 싶지 않느냐?"

"계집이 어찌 사내를 아니 품고 싶겠습니까만 계집은 사내를 은근히 그리워할 뿐이랍니다."

"그게 곧 마찬가지다. 계집이나 사내나 그 방법이 다를 뿐이지."

"그럴까요?"

"암, 그건 그렇고 나에게 한번 안겨 봐라."

"벌써부터요?"

"그래."

"이따 주무실 때 그러세요."

"나는 잠자지 않을란다."

"왜요?"

"수통인이 무서워서."

"호호호."

"그놈이 정말 사또께 이르지나 않을는지 모르겠다."

"제까짓게 이르기야 하려구요."

"저는 먹을 수 없고, 남 주긴 아깝고 하니 말이다."

"글쎄요."

"에라, 술이나 더 걸러 오너라."

"마냥 잡수시고는 또……"

"또 뭐냐?"

"뻔하죠 뭐."

"계집과 사내가 한방에 모여 무얼 하겠나. 그건 하늘과 땅의 이치인데."

서림과 월화는 수통인 사건으로 더욱 사이가 가까워져 밀착된 애정을 나눌 수 있었다.

남녀는 모름지기 사랑하게 마련인 것. 서로 좋아하는 사람들끼리 만나게 되니 밤이 어찌 달콤하지 않을 수 있으랴.

서림이 비록 부사의 눈을 피하여 색을 밝히고 있다 해도 그 행위는 은밀히 행하는 만큼 서림에게는 더 한층 재미있고 매력있는 노름이었다.

서림은 이미 사십이 넘어 오십 줄에 가까운 위인이었다. 그런데 더욱 서림을 약하게 만든 것은 그가 젊어서 너무나도 방탕하게 외도 행각을 많이 한 때문이었다.

서림은 지금 오십이 가까워서도 외도에 곱살이 낀 사람이지만 젊어서는 실로 말할 수 없는 위인이었다. 한달에 스무아흐레는 외박이고 하루나 이틀쯤 집에서 자는 것이 그의 무질서 하고 어지러운 생활이었다.

그는 그렇게 외도로써 한 평생을 살았던 것이다.

서림은 계집 없이는 하루도 살 수 없는 그런 위인이었다. 그가 만일 그와 함께 상관한 여인을 헤아린다면 그것은 족히 줄잡아 천 명은 넘고도 남을 것이었다.

그렇게 자신의 정력을 숱한 여인들에게로 쏟아 부었으니 자신의 무서우리만치 억세던 기운도 지금엔 굼뜰 수밖에 없었다.

그러므로 월화와의 첫날밤에 이미 기운을 탕진한 서림으로서는 젊고도 아름다운 월화 앞에 하나의 맹초 노릇밖엔 아무것도 할 수 없게 되었다.

서림의 그런 신세를 월화는 짐짓 비웃으려고 까지 하였다.

"무슨 노름이 이 지경이세요?"

"그만 꾸짖게. 할 말이 없네."

월화의 짜증 섞인 채증에 서림은 미안함을 느끼지 않을 수 없었다. 그러나 서림은 오히려 월화를 나무라는 눈치였다.

"젊은 계집이 사내를 너무 밝히다간 끝내는 오래 살지 못하느니."

"나으리가 젊어서 색을 너무 밝혔으니까 이 지경이시지요. 그러니까 이렇게 힘을 쓰지 못하시지……"

서림은 그런 자신이 월화에게 미안했던지 다시 한바탕 음담패설을 늘어놓는 것이었다.

월화도 더 이상 상관이 이루어지지 못할 바에는 음담이라도 듣고 있는 편이 낫다고 생각했던지 서림의 말에 귀를 기울였다.

"예전에 삼형제가 살았었지. 어느 날 세 며느리가 한 집에 다 모였었는데 오랜만에 정담을 주고 받고 있었지"

"무슨 정담이었나요?"

"남녀간의 색에 관한 정담이었지."

"에그머니나, 동서들끼리 그런 얘길 주고받는다고요?"

"서로 그런 얘기들을 주고받고 있었으니 난들 어쩌나. 자 얘기나 잘 듣게. 맏동서가 막내동서에게 물었지. 네 남편 그것은 뭐와 같으냐고 말이지. 그런데 막내동서가 '형님은 뭐와 같소' 하고 반문하였겠다. 그러자 맏동서가 '나의 남편은 이미 기운이 빠져서 고깃덩어리와 같다'고 말했지."

"고깃덩어리라구요. 그냥 아무 힘도 없는 고깃덩어리 말이죠. 오늘 저녁 나으리와 꼭 같았던 모양이죠. 호호호……"

"그렇지 꼭 그 모양이었지. 그래 또 맏동서가 둘째동서에게 물었지. 그러니까 둘째동서가 우리 남편은 그것이 마치 힘줄과도 같다고 하였지."

"힘줄이라뇨?"

"쇠 힘줄과 같은 힘줄 말이야."

"아직도 힘이 있었던 모양이죠."

"암, 힘이 있고말고."

"그 나이에도 남은 힘이 있다는데 나으리는 그게 뭐예요?"

"허허허."

"나으리도 젊어서 무척 많이 하셨나봐요."

"으음, 오입이 너무 지나쳤지. 나와 상관한 여인이 천 명은 족히 넘을테니까."

"어휴!"

"왜 놀라나?"

"기가 막혀서요. 그게 정말이세요?"

"이런 걸 가지고 거짓말을 해서 뭣하나."

"어휴! 나으리가 갑자기 징그러워졌어요."

"허허, 사내야 다 징그러운 법이지. 하여간 그건 그렇다하고."

"그래, 막내동서는 뭐라고 했나요?"

"막내동서가 한다는 말이 우리 서방님은 그것이 뼈다귀와 같다고 말했지."

"뼈다귀라고요?"

"그렇지."

"정말요? 정말 뼈다귀와 같을까요? 어째서요?"

"젊었을 때에야 뼈다귀와 같지 않은가. 그것은 모두 고귀한 체험에서 우러나오는 것이거든."

"지식보다도 훌륭한 것이 체험이란 것이겠지요."

"물론이지. 지식이야 이론뿐이지만 체험은 실제니까 아무래도 이론보다야 실제가 존귀한 것이 분명하지."

"그렇겠어요."

"아직 인생으로서 덜 된 사람은 체험이 적은 사람이란 말이야. 껍데기가 떨어지려면 순전히 지식만 가지고서는 어려운 법이니까."

"껍데기라뇨?"

"인생의 덜 된 껍데기가 있지 않은가. 그 껍데기는 지식만 가지고는 벗어나기가 어렵단 말이야."

월화는 웬일인지 그 껍데기라는 말에 흥미를 느낀 모양이었다.

"껍데기하고 딱지하고 같은가요?"

"아암. 딱지나 껍데기나 같은 소리지."

서림은 또 무엇을 생각했는지 잠시 머뭇거리다가 한참만에 입을 열었다.

"껍데기고 딱지고간에 어디 그 딱지 뗀 얘기나 한번 할까."

월화는 음담패설에는 사족을 못쓰는지라 서림의 그 말에 반가워 하는 듯 했다.

워낙 입담이 좋은 서림인지라 이제는 그 수통인 사건에 대한 불평은 없어지고 그 능란한 입담으로 음담패설을 또 시작하였다.

월화는 이불 속에서 몸이 간지러운 듯 아이 아이 소리를 연발하였다.

서림도 계집 생각이 간절하였으나 그것은 생각일 뿐 몸은 따라주지 않았다. 이불 속에서 교태를 부리는 월화를 볼 때에 서림은 자신의 인생의 무상함을 느끼지 않을 수 없었다.

"월화야."

"네."

"월화도 딱지가 그냥 있을까?"

"무슨 딱지가요?"

"처녀 딱지지."

"제가 뭐 처년가요."

"하기야 그렇지. 그래 딱지 뗀 얘기를 한번 들어봐라."

서림은 눈을 지그시 감고 이야기를 꺼내기 시작했다.

"예전에 한 사람이 장갈 갔었지. 그런데 그 아내에게 는 예쁜 처제가 하나 있었단 말이야 그래. 그 고운 처제 가 나이 열아홉이 되었단 말이야."

"다 컸구먼요. 그래서요?"

"항상 곱다고만 생각하고 있었던 참인데 이제 정말 내일 모레면 출가를 하게 되었단 말이야."

"아깝겠군요."

"아깝다뿐인가. 문제는 그 아깝다고 생각하는 데서 비롯되었지. 하루는 이 사람이 가만히 생각하니 이제 하루 이틀이면 그만 남의 집 사람이 될 판이라. 그래서 이왕 이면 시집 가기 전에 한번 딱지를 떼야겠다고 단단히 벼 르고는 처가집엘 어슬렁어슬렁 내려갔었지. 그 집에 당 도해보니 모두 떡방아 찧으러 가고 시집 갈 고운 처제가 혼자 있었단 말이야. 형부라는 자가 '내일이면 시집 갈테 지. 그래, 시집 갈 준비는 다 됐는가' 하고 물었지."

"그래서요."

"처제는 준비는 무슨 준비냐고 물었지. 그래서 형부란 자가 제일 중요한 준비란 딱지 떼는 건데 그건 돼 있느 냐고 하였지."

"원 저런 흉칙한 놈."

"처제가 무슨 딱지를 떼야 하느냐고 물었지. 그 때 형부가 한다는 소리가 딱지를 떼지 않고 가면 큰 봉변을 당한다고 하였지. 그래 그 딱지를 떼지 않고 가면 어찌 되느냐고 처제가 물었지."

"참 어리석기도 하군요."

"도무지 뭘 알아야지. 온 식구는 떡방아 찧으러 가서 없고, 그 자가 처제를 보고 다시 한다는 소리가 내 말대로 하지 않으면 후일 자식이 생기면 그 자식도 얼굴이 딱지 안 뗀 자국이 나는 법이라고 했지. 그러니 처제가 형부를 보고 그럼 빨리 딱지를 떼어 달라고 하였지. 그래서 그럼 이렇게 치마와 속옷을 벗고 반듯이 들어 누워라 그랬지. 처제가 치마와 속옷을 다 벗고 '자, 그럼 딱지를 떼어 주세요 형부!' 하였거든."

"그래, 정말 딱지를 뗐나요?"

"형부는 처제의 딱지를 떼 주었는데 그후 처제는 그럭저럭 시집을 가서 잘 살았지."

"그것뿐이에요?"

"그뿐이면 왜 딱지 뗀 얘기가 후세에 남았겠나. 체제가 일 년 후에 떡두꺼비 같은 옥동자를 낳았거든. 일은 거기에서 벌어졌지."

"무엇 때문에요?"

"두꺼비 같은 아들을 보고 하도 귀여운 나머지 그 남편이란 자가 한다는 소리가 '그놈 애비 닮아서 잘 생겼다' 하고 칭찬하였거든. 그러니까 처제가 '쳇, 그게 당신 때문인 줄 알았다가는 오산이에요' 그랬지."

"그러니까 뭐라고 했나요?"

"내가 안 만들었으면 누가 만들었어?' 하였거든. '흥, 아무리 당신이 잘 만들었다고 하더라도 시집 오기 전날 밤 형부가 딱지를 떼지 않았더라면 어쩔 뻔했수?' 하고 말했지."

"원 어리석기도 하지."

월화는 허리가 부러진다고 야단이었다. 서림은 그 허리를 다시 한번 힘있게 부여 안았다.

"그래서 그 딱지 뗀 얘길 자세히 들으니 정말 자기 아내를 처음으로 딱지 뗀 놈은 자신이 아니라 동서 되는 자임을 알고 화가 머리까지 치밀었겠다. 그래서 결국 동서도 지고 말세라 복수를 계획하고 있었지. 그로부터 한 이삼 년 후였어. 큰 동서가 마침 장사를 하러 멀리 떠나고 없었지. 그 때 처형이 마침 임신 중이었거든. 하루는 작은 동서가 무릎을 탁 쳤지. 복수를 할 기회가 왔다고. 어느 날 처형집엘 어슬렁어슬렁 갔는데……"

"저런 흉칙한……"

"피장파장이지 뭐."

"그야 그렇지만."

"그래, 처형 보고 한다는 소리가 '형님이 떠나실 때 무슨 소리 없었습니까?' 하고 서두를 꺼냈지. '무슨 말씀인데요' 하고 처형이 맞장구를 쳤거든. '나보고 신신당부를 하고 가시던데. 팔 다리 얘기가 없었습니까' 하였지. '나를 보고 팔 다리만 새로 장만해 넣으라고 하던데요. 형님이 아직 팔 다리는 안 만들어 넣었으니 작은 동서가 내 없는 사이에 꼭 실행에 옮겨 놓으라고……'"

"엉큼한 놈 같으니라구."

"그래, 처형을 대낮에 발가벗기고서는 한번 근사에게 치뤘는데, 그 후 처형이 아기를 낳았지. 그래서 형부가 그 튼튼하게 생긴 팔 다리를 보고 '그놈 팔 다리 한번 힘께나 쓰겠다' 했거든."

"저런."

"그 때 처형이 입을 닥치고 가만히 있었어야 할 것을. 그래서 처형이 '여보, 그 팔 다리를 당신이 만들었다고 자랑하는 거예요' 했거든. 그러니 형부는 '그럼 누가 또 만들었단 말이야?' 하고 반문했지. '당신이 장사를 나가시면서 아랫집 제부에게 신신당부를 했다면서요' 하고 말이지. 그래 맏동서는 이를 갈면서 몽둥이를 하나 들고 아랫마을로 달려갔거든."

"그래, 어찌 됐나요?"

"그가 호통을 치면서 '이놈아, 팔 다리는 누가 당부를 했느냐'고 고함을 지르며 쫓아갔거든."

"그래서 작은 동서가 뭐라고 했나요?"

"적반하장이지. 그래 멀쩡한 사람 딱지는 누가 떼 났는데 큰 소리를 치느냐고 했지."

"그거 그럴 듯하구먼요."

"그래서 결국 맏동서는 말문이 꽉 막혔지."

"딱지를 먼저 뗀 죄가 있으니까 그렇겠죠."

"아암. 팔 다리 죄보다 더하면 더했지 덜하지는 않으니까."

"그럴 테죠. 가만 생각해 보니까 모조리 쌍것들이구먼

요."

"자, 이제 그만 잘까."

"나으리, 나으리하고 밤새도록 얘기나 했으면 좋겠어
요."

"부사하고는 밤새도록 좋은 짓만 하고 나하고는 밤새
도록 얘기만 듣고…… 정말 너는 좋겠구나."

"누가 얘기 해 달라고 그랬어요."

"허기사 그렇긴 하다만은."

"나으리."

"왜?"

"한번만 힘을 써 보세요."

"힘이 써지지 않는 것을 나보고 어찌 하란 말이냐."

서림은 그렇게 말하고 무엇을 생각하였음인지 은근히
목소리로 월화를 불렀다.

"월화야."

"예."

"내 대리를 세워 줄까?"

"그건 또 무슨 흉칙한 말씀이세요?"

"옛날 계집에게 대리를 세워준 사람이 있어서 하는 말
이다."

"그러지 마시고 그 얘기나 해 주세요. 듣고 싶어요."

"피곤한데 그만 자지 않고……"

"나으리하곤 밤을 새도 피곤하지 않아요."

"그게 정말이냐?"

"저는 거짓말을 몰라요."

"좋다. 그럼 대리 얘길 해주지."

"어서 하세요."

"이 얘길 하고는 나도 아무래도 대리를 세워야겠다."

"왜요?"

"나도 뼈와 힘줄만 남은 요즘이니까. 허허허……"

"호호호. 나으리도."

"예전에 돈 많은 첨지가 한 사람 있었지. 늘그막에 그
만 마누라가 일찍 죽었단 말이야. 마누라가 없으니 넓고
큰 살림을 어떻게 처리할 수는 없어 여종으로 있는 열
아홉 살 먹은 이쁜이를 보고 함께 살자고 하였거든."

"그 영감은 몇 살이나 됐는데요."

"육십이 다 됐지."

"저런 고얀."

"이쁜이가 그리는 못하겠다고 하니까 영감이 이쁜이를
보고 '나와 살기만 하면 많은 재산이 다 네것이 될텐데
그래도 싫으냐' 그랬지."

"그러니까 이쁜인 뭐랬나요?"

"그러면 좋다고 했지. 그래서 둘은 같이 살게 되었는
데. 글쎄 탈이 생기고 말았지."

"뭣 때문이에요?"

"그래 첫날밤을 맞이했거든."

"저런 욕심 사나운 영감쟁이 좀 봐."

"욕심이야 이쁜이가 더 많지."

"왜요?"

"재산 때문에 몸을 허락하는 거니까."

"하긴 그렇군요."

"그래 첫날밤에 화촉에 불을 밝히고 어찌 하여 한번 일이 성취되기는 했는데 그 다음부터는 그만 일이 되질 않았단 말이야."

"저를 어째……"

"한번 사내 맛을 알게 된 이쁜이가 지랄발광을 하는 바람에 첨지는 견딜 수가 있어야지. 일은 되지 않고 감질만 나고 하니까 밤이면 고함만 지르고 하였지. 그래서 첨지는 이웃이 소란하고 부끄러워 견딜 수가 없었지. 급기야 온통 고래 고래 소리를 지르고 야단 법석을 하는 바람에 그만 영감쟁이도 학질을 떼게 됐단 말이야."

"장갈 안 가니만 못했군요."

"그야 그렇지. 그렇게 들볶일 줄 알았나."

"여자가 아주 무서운 여자였던 게지요."

"그거야 무섭지 않다 하더라도 한번 사내 맛을 본 여자는 다루기가 어렵거던. 그래 결국 영감쟁이가 지고 말았지."

"어떻게요?"

"재산 아니라 재산 할애비를 주어도 나는 싫소 하니까 영감쟁이가 아주 당황하고 말았지. 그래 할 수 없어서 그러면 대리를 세워 줄테니 가지 말고 그냥 있으라고."

"대리라는 법도 있어요. 호호호……"

"법이야 없지만 사람이 만들면 되는 것 아닌가."

"그래서 어찌 됐나요?"

"어디에서 천하장사를 돈 주고 데려다가 한방에서 자

게 해 줬지."

"원, 저런 일이 있을라구요."

"그럼, 어쩌나. 할 수 없는 일이지. 비극은 그렇게 싹 트기 마련이라네."

"그뿐이에요?"

"그럴 리가 있나. 그래서 대리를 세워 줬는데 영감쟁이의 환갑 날이 다가왔지 뭐야. 그리하여 크게 잔치를 차렸지. 그런데 그 대리란 놈이 동네 어른들께 술잔을 돌리며 왔다갔다하는데 그 행동거지가 경망스럽기 짝이 없었거든. 괘씸하게 보고 있던 한 사람이 그 영감쟁이에게 물었지. 저 놈은 어떤 놈이냐고 그러니까……"

"뭐랬나요?"

"글쎄, 그 대답이 걸작이었지."

"뭐랬는데요?"

"말 말게. 내 대리라네…… 그랬지 뭔가. 으하하하."

"호호호……"

그 때 먼 마을에서 어느새 새벽닭이 홰 치는 소리가 들려 왔다.

"닭이 우네요."

"이왕 새벽까지 왔으니 나와 얘기나 하면서 밤을 밝히자꾸나. 내 얘기 하나 또 하지."

"나으리와 밤을 밝히면 피곤한 줄을 모르겠어요."

"전라도에 옹기 장수 노총각이 한 사람 있었지. 그 노총각은 너무 가난해서 장가도 못들고 옹기짐을 매일 짊어지고 옹기를 팔러 다녔거든. 그러던 어느날 큰 고개

하나를 넘고 보니 말 두 필이 풀을 뜯고 있는 것이 아니 겠어."

"그게 숫말 암말이었겠지요."

"그건 또 어떻게 아나?"

"뻔하지요 뭐."

"그래 옹기짐을 지고 한참 동안 말들을 바라보고 있었 지. 그런데 숫말이란 놈이 히잉 히잉 소리를 지르더니 그냥 게거품을 물며 암놈에게 덤벼들었단 말이야."

"총각이 그걸 보고 어떻게 됐나요?"

"그게 야단이지. 몇몇해를 굶주리고 있던 총각놈인지 라 그놈의 소리를 듣고 견뎌낼 도리가 있어야지. 한참 그것을 바라보던 총각은 그만 눈이 뒤집히고 말았단 말 이야. 그래 그 총각놈이 우선 참을래야 참을 수가 없으 니까 옹기짐을 위태롭게 작대기로 괴어놓고 한참 동안 말들의 그 장면을 재미있게 바라보고 있었거든."

"신났겠어요. 말들이 되게 요란스럽게 논다면서요."

"요란스럽고말고. 신나지 신나."

"어떻게요?"

"히히히힝! 하면서 좌충우돌하는 모습은 세상에 다시 없는 환락이니……"

"그런 것 같네요. 하여튼 그래서요."

"멀거니 혼 나간 사람 모양으로 이를 바라보던 총각이 갑자기 하초가 팽팽해짐을 느꼈거든. 그래 총각은 손장 난을 시작했지."

"손장난이 뭔데요?"

"남자들이 하는 게 있지. 그래 한참 동안 그 장난을 하다가 그만 잘못하여 지게 작대기를 발길로 찼거든."

"저런…… 저를 어째."

"와지끈 하고 옹기짐이 부서지고 말았거든. 그런데 한다는 소리가 아주 그럴 듯했지. '제기랄, 이것도 장난 오입이라고 돈이 든당께로' 하고 말이야."

"호호호……"

"근사한 얘기지."

"훌륭해요. 나으리, 그럼 제가 얘길 하나 할테니 들어 주실래요?"

"무슨 이야긴데?"

"나으리가 한 얘기 같은 거지요."

"네가 그런 얘길 다 아나?"

"나으린 누굴 사람으로 치지 않으세요?"

"어디 한번 들어보자."

"그러세요. 술 한잔 드시고 숨이나 돌리세요."

"그거 말고 한번 주무르랴?"

"기운도 없으시면서."

"기운이야 내면 되지."

"그게 맘대로 나오나요?"

"나오지."

"어디 한번 해 보세요."

"그냥 얘기나 듣자."

"그럼 그러세요."

그리하여 월화의 얘기는 그렇게 시작되었다.

월화의 음담

　서림은 이제 완전히 월화에게 빠져 버렸다. 서림에게
는 이제 월화가 자기의 생명과도 바꿀 수 없는 존재가
된 것이었다.
　그 동안 서림은 적지 않은 공금을 횡령하였다. 그것은
모두 월화에게 완전히 빠져 버린 때문이었다. 그리하여
서림은 밤만 되면 월화의 집으로 파고들었는데 이젠 서
림이 밖에서 기침만 하여도 나으리 하고 뛰어나올 정도
였다.
　"예전에 이곳 장단 고을에 무지막지한 난봉꾼이 있었
데요."
　"월화와 같은 난봉꾼 말이지."
　"호호호. 나으리와 같은 난봉꾼 얘기를 하려던 참인데

요. 글쎄, 얘기나 들으세요. 그런데 장단에 새로 부임한 부사가 근엄하기 이를 데 없는 인물이었던가 봐요. 너 같은 놈을 그냥 두었다가는 장단 고을에 성한 처녀가 남아 있지 않겠다고 그 난봉꾼을 잡아들였어요. 그래서 그 난봉꾼에게 호령하기를 사흘 안에 네 불알을 까바치지 않으면 당장에 물고를 내겠다고 호령을 하였어요."

"저런 저 일을 어째?"

"그래, 집에 돌아와 이를 가족들과 함께 의논하게 되었는데요. 그 자의 집에는 부모님도 있고 마누라도 있었지요. 그 얘기를 듣고는 모두 침통하고 우울하게 둘러앉아 있었죠."

"그랬을테지."

"그런데 그 집엔 아직 며느리가 손자를 낳지 못하고 있었거든요."

"그렇다면 더 큰 야단이구먼."

"그럼요. 그 부친이 더욱 침통한 안색으로 한다는 소리가 정 그렇다면 내 불알이라도 대신 까바쳐야지 별수 있느냐 하였죠."

"물론 그랬을테지."

"생각해 보세요. 그 집안 가업을 계승할 손자가 없으니 될 법이나 한 노릇인가요. 그래 시아버지가 그런 결정을 내렸지요. 그런데 시어머니란 양반이 아직 나이 마흔일곱 밖에 안됐는데 그냥 묵묵히 자기 남편의 편을 들수가 없었어요."

"그렇겠지. 자기 남편의 불알을 까기만 하면 자기 남

편과의 일은 다 틀릴테니까."

"물론이죠. 그래서 시어머니의 안색이 갑자기 돌변하더니 한다는 소리가 '그럴 것 없이 관가에서 하라는 대로 그냥 그렇게 하기로 합시다' 했지요."

"으하하하."

"우스우세요?"

"우습고말고. 그래, 그 나이에도 영감 생각은 간절했던 모양이지"

"그럼요 사람들이란 다 똑같으니까요. 그 소리를 듣고 며느리가 표독한 눈으로 시어머니를 쏘아보았죠."

"그럴 테지."

"며느리가 가만히 생각하니 청상 과부가 될 것 같았거든요. 더구나 시어머니와는 차이가 다르죠."

"그렇지 다르고말고."

"그래, 며느리가 한번 기침을 하고는 한다는 소리가 '어머님은 남자들 하는 일에 여자로서 웬 간섭이세요' 하였거든요."

"거 말솜씨 놀랍군."

"아주 훌륭한 말솜씨죠. 젊으나 젊은 제 남편이 제 구실 못하게 되면 그게 큰일 아니고 무엇이겠어요."

"그렇지."

"어떠세요?"

"그런 얘긴 어디서 들었나?"

"전 얘기도 못할 줄 아세요."

"음탕한 계집이로고."

"그러는 나으리는요?"

"나야 청백한 아전이지."

"호호호……"

"왜 웃나?"

"두 번만 청백하시다가는 월화의 하초가 다 뭉그러지겠어요."

"우하하하."

"나으린 제가 그런 얘기를 못할 줄 아셨죠?"

"하나 더 해 봐라."

"재미있으셨어요?"

"훌륭하다."

"예전에 사위가 장인 집에 다니러 갔어요. 바로 여름이었죠. 오랜만에 오는 사위와 딸을 장인 장모는 무척 반가워하였거든요."

"그랬을테지."

"그런데 그런 일은 반드시 여름에 많이 일어나나봐요. 날씨가 더워서 그러나봐요."

"날이 더우면 옷을 벗어야 하니까."

"그 때 마침 시집 갔던 둘째 딸도 와서 있었거든요."

"그거 점점 일이 묘하게 되는군그래."

"한밤중이 되었지요. 그래, 그 밤중에 사위가 오줌이 마려웠거든요."

"온식구가 한방에서 자게 됐나?"

"그럼요. 여름이라 방은 크고 여럿이 모여 늦게까지 얘기하다가 그냥 한방에서 자게 됐지요. 그래 한밤중에 오줌이 마려워서 밖에 나가 볼일을 보고 들어왔지요. 그런데 그 때가 바로 결혼한지 서너 달밖엔 되지 않아서 사위는 갑자기 솟구치는 욕정을 주체할 수가 없었거든요. 그런데 그날 밤 그 방에 자던 차례를 말하면 맨 아랫목이 장인 그 다음이 장모, 그 다음이 아내, 그 다음이 사위, 맨 문 바깥 쪽으로 둘째 딸이 자고 있었거든요. 결국 사위는 일을 시작했지요. 그런데 문쪽으로 누워 있는 게 그만 자기 아내인 줄 알고 세상 모르게 자고 있는 처제를 그냥 위에 올라탔단 말이에요. 한번 타고 보니 또 한 문득 솟던 욕정이 더욱 극성을 부렸지요."

"하, 고것 얘기 한번 잘한다."

"호호호. 그래서 처제도 갓 시집을 간 새댁인데 그도 마침 남편과 나들이를 왔다가 급한 볼일이 있어 남편은 그냥 가고 혼자서 묵고 있었던 참이었거든요. 처제가 혼곤히 자고 있는데 무엇이 위에 올라 타면서 아랫도리가 척척해 왔지 뭐예요. 그래 처제가 가만히 생각해 보니 평소에 늘 봐도 형부가 잘 생기기는 하였고……"

"저런 년을 봤나."

"이왕지사 이 지경이 된 바에야 아랫목에서 주무시는 아버님이나 어머님이래도 알게 된다면 큰일이요, 더구나 바로 곁에서 자고 있는 언니가 알면 더욱 큰일이라 생각하고, 그래 이미 형부의 그 물건이 들어올 무렵에 여인은 그저 날 잡아 잡수 하지 않았겠어요."

"그리고는 어떻게 됐나?"

"그리고는 몸을 전후 좌우로 마구 흔들었지요. 그런데

자기 밑에 깔려 있는 여자가 자기 아내가 아니고 처제인 줄 안 형부는 일이 그만 이렇게 된 이상 대장부가 뺀 칼을 도로 꽂을 수도 없는 노릇이고 해서 처제인 줄 알면서도 그냥 그것을 계속했지요. 그런데 의외로 그 아름다운 처제도 나중에는 그냥 있을 수가 없었던지 몸을 비꼬며 전후 좌우로 흔들기 시작하는 것이었지요."

"그래서 어찌 되었나?"

"이 때 장인은 벌써 육순이 다 된 노인이라 밤새도록 잠이 오지 않는 터에 사위가 둘째 딸에게 하고 있는 것을 은근히 보고 있었거든요. 그런데 처제가 심하게 요동을 치는 바람에 옆에서 자던 아내가 그만 눈을 뜨게 되었어요."

"원, 저를 어쩌나!"

"그러니 이거 남편의 입장만 점점 더 곤란해지지 않았겠어요. 이왕지사 시작해 놓은 일이니까 다 끝을 맺어야겠는데 옆에서 아내가 알게 되었으니까 그 노름도 주눅이 들었는지 잘 되지 않아서 한참 동안 식은 땀만 흘리고 있었지요. 아내가 보는 앞에서 겨우 일을 마치고 나니 그 다음에는 아내가 흥분해버렸지 뭐예요. 그래서 아내는 남편을 어둠 속에서 옆구리를 마구 꼬집어댔지요. 남편은 옆구리를 꼬집히면서도 아프다고 고함을 칠 수도 없고 아주 곤란한 지경에 빠지고 말았지요."

"그래서……"

"처제가 깊이 잠들기를 기다리는데 그 동안이 얼마나 길었겠어요. 한참 기다리는 동안 컴컴한 어둠 속에서 내외가 냉전을 벌였거든요."

"뭐라고."

"하필 왜 남의 것을 건드렸느냐구요. 그래 남편이 대답한다는 소리가 그게 당신 것인 줄 알고 그랬는데 그만 잘못 되었다고 소근거렸지요. 그래서 옆의 처제가 잠들자 슬그머니 남편이 아내의 위에 올라갔거든요."

"그놈 여복도 많은 놈이군."

"여부가 있나요."

"그래서……"

"아내를 그 솜씨대로 다루었지요. 그런데 장인된 자가 밤새껏 이를 다 보고 있었단 말예요."

"그 자는 젊었을 때를 생각하고 한숨만 쉬었겠지."

"그러믄요."

"그래 어찌 됐나?"

"한참 후에 거의 일은 끝장이 났지요. 그런데 일이 거의 끝나고 남편이 자기 아내 위에서 내리려고 할 때였지요."

"무슨 일이 생겼나?"

"생기다뿐인가요. 그 때 장인이 잠든 장모의 옆구리를 쿡쿡 찔렀지요. 그런데 그 장모가 하는 말이 더 걸작이었지요."

"뭐라고 했는데?"

"이 양반이 애들 있는데 왜 이래요 하고 말했지요."

"하하하."

"저도 얘기 곧잘 하지요."

"아주 훌륭했어."

두 사람은 잠시 어둠 속에서 긴 포옹을 하였다. 월화의 얼굴은 상기 되었고 숨소리가 가빠왔다.

월화는 교태가 섞인 표정으로 서림을 마음 속으로 불렀다. 그러나 서림은 눈치를 챈 듯하였으나 당장 어쩌지도 못하고 그저 월화의 눈치만 살필 뿐이었다.

거의 뒤틀리다시피 일그러지고 분홍빛이 붉게 타는 월화였다. 그리고 숨은 아주 큰 언덕을 올라온 사람처럼 가쁘게 몰아 쉬었다.

월화는 흥분하고 있었다. 서림이 평생 그토록 오입을 많이 해보았지만 이렇게 흥에 겨워 몸을 떠는 여인은 처음이었다.

참다 못한 월화는 서림의 가장 소중한 곳을 더듬어 어루만지기 시작했다.

잠시 후 서림의 남성이 월화의 입 안으로 들어갔다. 그러자 월화의 입안은 뜨거운 포만감으로 충만해지는 것이었다.

음탕한 사내와 계집

요즘들어 월화는 더욱 뜨거워지는 하초 때문에 온몸이 근질거렸다.

그도 그럴 것이 월화의 나이 서른이 채 되지 않았다. 사내를 밝히기 시작한다면 걷잡을 수 없는 나이였기 때문이었다.

서로가 그렇게 다른 생각으로 잠시 침묵하는 동안 서림이 먼저 입을 열었다.

"나으리."

"응."

"사람은 그것부터 시작해서 그것으로 끝나는 법인가 보지요?"

"그건 왜?"

"힘이 없으면 죽고 힘이 있으면 사는 걸 보니 그렇지 뭐예요."

"암, 그렇지."

"분명하죠?"

"어허, 분명하다니까."

"그것으로 미루어 보면, 나으리는……"

"무어냐?"

"호호…… 그렇다면 나으리도 얼마 남지 않은 것 같아서요."

"이런, 이년이 악담을 하는 거냐?"

"하도 기운이 없으시니 말예요."

"기운이 없다니 내가 말이냐?"

"아무 일도 안 되시면서?"

"좀 아끼는 중이다."

"호호홋……"

"정말이라니까."

"나으리, 모란봉 사건 아세요?"

"모란봉 사건이라니?"

"모란봉 사건이라고 아주 큰 사건이 있었죠."

"어서, 얘기해 봐라."

"예전에 모란봉을 오르던 아주 고운 여인이 있었어요."

"얼마나 고왔는데?"

"양귀비와 서씨가 무색할 만하였지요."

"그래서?"

"어느 봄날이었어요."

"남자나 여자나 딴 생각 많이 할 때군."

"딴 생각이라니요?"

"아, 춘심(春心)이 동한다는 말도 있지 않은가."

"그래요. 그런 때에 모란봉에 그런 미인이 사뿐사뿐 걸어갔으니 사고가 나지 안 나겠어요?"

"그렇지."

"탈이 나도 단단히 날 일이지요."

"향기로운 꽃에는 벌 나비들이 모여들 수밖에."

"그 뒤로 술취한 젊은이 하나가 갈짓자 걸음으로 어슬렁거리며 걸어갔거든요."

"그래서?"

"두 사람이 모란봉 위에서 마주치게 되었겠죠."

"봄날에 남녀가 봉우리에서 만났으니 뻔할 뻔자였겠군."

"어쩌면 그렇게 잘 아실까?"

"아무튼 죄는 사람에게 있는 것이 아니다. 봄과 울창한 숲에 죄가 있지."

"그런가요? 호호호."

"아암!"

"그렇다면 우리 죄도 나으리나 저에게 있는 것은 아니겠군요."

"물론이지, 죄는 시절과 바람에게 있다고 할까. 흐흐흐……"

"호호호. 하여간 두 남녀가 모란봉 위에서 만나자마자

눈에 불길이 일기 시작했어요."

"걷잡을 수 없구나."

"정말 무서운 불이구말구요."

"그 불길이 사람을 모두 태우는 거지."

"아무려면."

"너와 내가 타는 것이나 한 가지로다."

"호홋, 그래서 남녀는 눈과 눈이 마주치자마자 자신도 모르는 사이에 서로 붙잡고 말았지요."

"알지도 못하는 것들이?"

"물론 초면이었어요."

"그래서?"

"그리하여 두 년놈이 따뜻한 봄볕 속에 그만 서로 껴안더니 어지럽게 춤을 추기 시작했지요."

"호오, 어지럽게 춤을 춘다?"

"그럼요."

"그런 짓거리를 할 때 주위에 아무도 없었던 모양이군."

"아녜요. 마침 벙어리 한 놈이 보고 있었지요."

"얼마 동안 엎치락뒤치락하더니 서로 싱겁게 웃었지요."

"그래서?"

"그리고는 두 년놈이 붙어서 본격적으로 일을 벌이는데 사내의 물건이 너무 웅장해서 여자의 신음 소리가 모란봉 상상봉을 무너뜨릴 듯이 울렸다는군요."

"저런! 앙천두대(仰天頭大)를 만나고 말았군."

"앙천두대라니요?"

"남자의 물건을 평가하는데 열 몇 종류가 있지."

"아이 망측해!"

"여자도 그런걸."

"정말 그런 게 있나요?"

"즉, 일온, 이앙천, 삼두대."

"꼭 무슨 중국말 같네."

"첫째 그것이 뜨끈뜨끈해야 한대서 일온이고, 둘째는 하늘을 찌를 듯 힘이 좋아야 하니 이앙천, 셋째가 그 대가리가 커야 한대서 삼두대지."

"호호호, 나으리도 별스럽기도 하셔."

"그 말이 그렇게 좋으냐?"

"아이, 좋긴 뭐가 좋아요?"

"그 애길 다하면 지나가는 벙어리도 웃는다."

"참, 그래서 그 벙어리도 그 년놈들이 엉덩이를 들썩거리며 요란 떠는 걸 보니까 자꾸 아랫도리가 요동을 쳐서 그만……"

"자세히 얘기해 봐라."

"그래서 그만 자기 손을 바지에 넣고……"

"흐흐흐, 벙어리놈 손빨래를 하고 말았구만."

"아이 참, 나으리도 꼭 그런 말까지……"

"남들은 열심히 하고 있는데 용두질이라니. 불쌍한 벙어리놈 같으니라고."

"결국 그렇게 일을 치렀지만 여자가 걸음을 제대로 걸을 수가 있어야지요."

"왜?"

"아 글쎄, 커도 너무 큰 놈과 두 번씩이나 일을 치렀으니까요."

"저를 어쩌누."

"그래서 어기적어기적거리며 여자가 먼저 모란봉을 내려갔대요. 그런데 이 사내놈도 또한 술에 취한 가운데 있는 힘을 다해 그 일을 두 번이나 했으니 제대로 걸을 수가 있어야지요. 결국 기어가다시피 해서 모란봉을 내려 왔다는군요."

"그래서……?"

"벙어리는 그 광경을 엿보고 피가 거기로만 몰려 있었지요. 그래서 한 손으로 그걸 억지로 잡고 다른 한 손은 땅을 짚어가며 엉금엉금 모란봉을 겨우 내려왔답니다요, 글쎄. 호호……"

"가관이군."

"호호호. 아무튼 세 년놈 모두 기어서 모란봉을 내려왔다는 이야기랍니다."

"재미있군. 아무튼 그짓을 싫어하는 사람은 하나도 없을거야."

"그럼, 그런 얘기 또 하나 할까요?"

월화는 입도 아프지 않은지 한없이 음담패설을 늘어놓을 것 같았다. 서림은 서림대로 상관이 잘 되지 않으니까 차라리 그런 음담패설에 구미가 당겼다.

"그래 한 번 더 해보아라."

"옛날 두 형제가 살았답니다. 형은 장가를 들고 아우

는 혼자 지냈지요."

"그래."

"그런데 아우는 형수를 늘 마음에 두고 있었답니다. 어느날은 부엌에서 형수가 웃옷을 벗고 머리를 감는 것을 훔쳐보기도 하고, 때로는 언제 목욕을 하나 하고 날짜를 손집어 보기도 했답니다."

"저런. 흉칙한 놈이 있나."

"그러던 중 형이 갑자기 병이 나서 그만 세상을 뜨고 말았지요."

"그래서……"

"아우놈이야 형수에게 흑심이 있었던 것이니 아주 잘 된 일이 아니었겠어요?"

"그럴 테지."

"결국 아우는 형수와 결혼하여 조카까지 떠맡았답니다."

"흠."

"그런데 형수는 항상 불평불만이었어요."

"왜?"

"아주 큰 사건이 난 거죠."

"대관절 무슨 사건인지 얘길 해야지."

"아마 죽은 형은 그 물건이 기형적이었던가 봐요."

"기형이라니?"

"아, 왜 토산 불알이라고 있잖아요."

"그 한없이 크고 울퉁불퉁하다는 것 말인가?"

"그렇지요."

238 외설 임꺽정

"형과 함께 살 때는 그 꽉 차는 토산 불알이 전후좌우 부근을 마구 후려쳤거든요."

　"그래서?"

　"그럴 때마다 형수는 너무 좋아 엉엉 울기까지 했었답니다."

　"그래서 울었다고?"

　"예."

　"근사한 물건을 갖고 있었던 모양이군."

　"그게 왜요?"

　"여자가 그거 할 때 운다는 것이 심상치 않은 거야."

　"그게 그렇게 드문 물건인가요?"

　"아무렴, 아주 희한한 물건이지."

　"아무튼 그래서 형수는 매일같이 한다는 소리가 '형은 그렇지 않았는데 시동생은 아주 형만 못하니 이게 어찌된 일이냐'고 크게 불평을 늘어놓았지요."

　"그래서."

　"그래서 동생이 따져 물었지요."

　"그래, 형수가 뭐라고 대답했는가?"

　"다른 것이 아니고 잠자리가 형만 못하다고 했지요."

　"흠."

　"결국 아우는 형의 물건이 보통 물건이 아니었다는 알게 되었지요."

　"그랬을 테지."

　"아우는 몇 달 동안이나 고민을 거듭한 끝에 돼지 불알을 하나 구하기로 결심했답니다."

"그건 어디다 쓰려구?"

"좌우간 이야기를 들어보세요."

"그래, 어서 얘기를 계속하게.

"어느 여름 장마철이었지요. 마침 비가 억수같이 퍼붓는데 그걸 달았지요."

"어디에?"

"거기다가요. 호호호……"

"우하하…… 그래서?"

"그래서 비오는 소리를 들으며 그 일을 시작했거든요."

"그것 참 죽여주는군."

"물론 애들은 꼬셔서 모두 밖으로 내쫓고 말이죠."

"비오는 날에 애들까지 내쫓고?"

"아무리 비가 온다 하더라도 그렇게 좋은 일에 애들을 안 내쫓을 수 있겠어요?"

"그야 그렇지만."

"하여간 서로 얼싸안고 씨근덕거리더니 드디어…… 호호호……"

"어떻게 되었지?"

"그렇게도 아우를 불평하고 무시하던 형수가……"

"대우가 달라졌단 말인가?"

"그거야 물론이죠. 한참 동안 서로 흥분하고 엎치락뒤치락 엉덩이 들썩하던 끝에 형수는 드디어 울음을 터뜨리기 시작했거든요."

"울기 시작했다구?"

"그렇다니까요?"

"왜 울었을까?"

"아이, 여자가 극도로 흥분하였던 모양이죠."

"극도에 이르면 우는가?"

"그럼요."

"오오."

"크게 엉엉 울기 시작했지요. 무슨 초상난 집과 흡사했다고나 할까요."

"오, 저런."

"밖에서는 비가 주룩주룩 내리고 천둥 번개가 요란한 가운데 방안에서는 또한 큰일이 벌어져서 남자는 여자를 올라타고 엉덩이를 씰룩거리고 여자는 매우 흥분한 모양으로 울고불고……"

"그거 집안꼴 잘 되가는군."

"훌륭한 집안이지요."

"우하하…… 정말 훌륭하고말고."

서림과 월화는 어이없다는 듯이 비웃으며 서로 대꾸하였다.

"그런데 마침 포졸 한 사람이 그 집을 지나치게 되었답니다."

"포졸이?"

"포졸이 집 앞에 이르니 방안에서 여자의 통곡 소리가 들리는지라 이 무슨 곡절이 있구나 하고 추측하였지요."

"당연히 그랬을 테지."

"비를 맞아가며 엿들어 보니 필시 무슨 일이 생긴 줄

만 알았겠지요."

"그렇지."

"그래서 그 집 문을 똑똑 두드렸답니다."

"한창 신나는 판에 문을 두드렸군."

"포졸이 아무리 문을 두드려도 대답이 없고 울음 소리만 높아가니까."

"의심만 더해지더란 말이지."

"그렇지요. 그래서 한참을 두드리다가 문고리를 잡고 흔들어 보았지요."

"그래, 문을 열고 들이닥쳤군."

"웬걸요, 아이들이 들어올까 봐 문은 이미 안으로 걸려 있었거든요."

"그렇다면?"

"문이 열리지를 않자 이번엔 발길로 문짝을 쾅 하고 찼지요."

"저런, 저런."

"그래도 안에서 일을 치르던 남녀는 그 때까지 그 재미에 미쳐서 정신없이 울고 흥분하고 있다가, 두 번째 발길이 문짝을 쾅 하고 찼을 때야 정신을 차렸답니다."

"아주 혼쭐이 났겠구만."

"혼이야 나가지 않았지만, 밖에서 갑자기 쾅 하고 문을 차는 소리가 나니까 남자는 그것을 쭈욱 뽑았지요."

"호호호……"

"그 때 밖에서 포졸의 억센 음성이 들렸지요."

"뭐라고?"

"이 집에 대체 무슨 괴이한 일이 생겼느냐고요."

"그래, 뭐라고 대답했지?"

"남자가 얼른 생각하기를 빨리 대답을 해야만 포졸이 들이닥치지 않을 것 같은지라, 크게 고함을 질러 대답이라고 하는 것이 '다름이 아니고 위고환(가짜 불알) 사건이요' 하고 대답하였답니다."

"위고환 사건이라구? 우하하하."

"호호호, 그러자 포졸이 위고환 사건이 무엇이오? 하고 물었답니다."

"그랬더니?"

"포졸이 하는 말이, 앞으로는 그런 사건이 나지 않도록 각별히 명심하시오 하고는 돌아가더랍니다."

"어이구 저런. 우하하! 우스워 죽겠다."

"그게 그렇게 좋은가요? 호호호."

"과연 심심하지는 않구나."

"하나 또 할까요?"

"기운도 좋구나."

"벌써 기운이 없다면 어떻게 해요?"

"그래, 네 이야긴 전부 그런 것뿐이냐?"

"다른 좋은 이야기가 있지만 그것만한 이야기가 어디 있겠어요."

"그거야 그렇긴 하다만."

"밤이 너무 깊었으니 그만 주무셔야지요."

월화가 촛불을 껐다. 그러나 한 동안 서림과 월화는 어둠 속에서 도란도란 이야기 소리가 그치지 않았다.

남녀가 그렇게 밤늦도록 긴 얘기를 나누고도 아직도 남은 이야기가 한없이 많은 모양이었다.

보우와 문정 왕후

문정 왕후 윤씨는 불공에 힘을 쏟았다. 승하한 임금 중종의 혼령을 위로하기 위해서였다.

그렇게 불공을 드리러 가는 길에는 아름다운 자연 풍광이 있어 자신의 외로운 마음도 편안해지곤 하였다.

그 아름다운 산수 경치에 묻혀 있는 사찰에는 여자라고는 평생 한 번도 경험하지 않은 비구들이 살고 있었다. 그리고 그들을 만난다는 것도 또한 왕후에게는 커다란 매력이었다.

문정 왕후는 아직 삼십 남짓한 나이에 부군인 중종을 여의었다. 파산 부원군 윤임의 딸인 왕후는 날 때부터 용모가 아름다웠다.

중종은 왕비 신씨가 있었으나 그 아비인 신수근이 역

적으로 몰리어 죽음을 당하자 역적의 딸을 중전으로 삼을 수 없다고 하여 폐출하였던 것이다.

그러나 중종은 신씨와의 정을 잊지 못하였다. 항상 높은 누각에 올라 신씨가 사는 집 쪽을 바라보고 한숨을 쉬곤 하였다.

신씨의 집에서도 이 사실을 모를 리 없었다. 그래서 신씨의 붉은 치마를 인왕산 높은 바위에 걸쳐 놓았다.

중종은 그 치마를 보고 반가운 한편 더욱 상심하여 자주 눈물을 떨구곤 하였다.

그러나 제왕은 잠시라도 중궁을 비워둘 수는 없는 노릇이었다. 그래서 파원 부원군 윤여필의 딸을 숙의로 삼았다가 나중에 왕비로 책봉하였으니 그녀가 인종의 어머니가 되는 장경 왕후였다.

장경 왕후는 덕성이 높고 재주가 비상했으나 일남 일녀를 낳고는 그만 세상을 떠나고 말았다. 스물다섯 살의 한창 나이였다.

이에 다시 간택하여 중궁으로 들어온 이가 문정 왕후 윤씨였다. 윤씨는 말년의 중종 임금을 모시게 되었다. 따라서 원숙하고 노련한 왕의 애무로 성의 세계를 알게 되었다.

하지만 젊은 날의 격정적인 애정과 애무는 별로 받아보지 못하였다. 그러다가 하루 아침에 왕이 세상을 떠나게 된 것이었다.

왕후는 미리부터 그러리라고는 생각하였으나 막상 당하고 나니 세상이 막막하기만 하였다. 아직도 창창한 자기 젊음을 안고 어떻게 살아가야 하나.

꽃피는 봄의 아침과 달 뜨는 저녁 왕후는 홀로 몸부림치곤 했다.

그럴 때마다 왕후는 부처님을 찾게 되었고 한편 절간의 젊은 중들이 그리워지는 것도 사실이었다. 왕후의 고귀함과 찬란함도 아무런 가치가 없었다. 어떤 산해진미도 맛이 없었다. 그저 자기를 사랑해주던 선왕이 자꾸 생각났다.

아직도 뜨거운 욕정은 가시지 않아 심지어 절간의 젊은 비구들이 그리울 뿐이었다.

문정 왕후는 모든 것이 허무했다.

'사는 것이 이토록 허무한 것인가. 도대체 사내는 무엇이란 말인가.'

그런 의심이 들곤 했다. 사내가 없는 인생이란 과연 이토록 재미 없는 것이라는 것을 왕후는 크게 깨닫고 있었다.

왕후도 일개 여인인지라 사내없는 인생의 적막감과 외로움을 뼈저리게 느끼고 있었다.

'왕이 그립다. 왕이 후궁을 볼 때마다 질투심에 휩싸였던 그 때가 그립다. 아아, 신하들을 불러 이 한을 풀 수도 없고, 한 번 간 사람은 돌아오지 않는 것이니.'

왕후는 날마다 이런 넋두리에 빠져들며 자기의 외로움에 몸부림치며 울었다.

그리하여 결국에는 절간의 그 건강한 중들을 생각하기에 이르렀다. 이제는 정말 더 이상 참을 수가 없었다.

그러던 어느 날 밤이었다. 왕후는 벌떡 일어나 앉았다. 그것은 잠도 아니요, 꿈도 아닌 상태에서 소스라치게 놀랐다.

며칠 전, 비밀스럽게 내시와의 약속이 퍼뜩 머리를 스쳤기 때문이었다.

왕후는 장지문을 열었다. 그리고 나직히 물었다.

"게 누구 없느냐?"

"네."

장지문 밖에서 지밀 궁녀가 대답했다.

"이리 오너라."

"네."

"내시 최훈을 즉시 들도록 하여라."

"예?"

"어서."

궁녀는 조용히 문 밖으로 사라졌다.

한밤 중 왕후의 침실에 건장한 내시가 정중하게 서 있었다.

"이보게."

"네, 왕후 마마."

"내 등 좀 긁어주게."

"황공하옵니다."

내시 최훈이 왕후의 등을 긁었다. 그러나 아무리 긁어도 왕후의 마음은 풀리지 않았다.

"여기를 좀 두들기게."

"네이."

내시 최훈은 왕후가 시키는 대로 이곳 저곳을 두들겼다. 딱딱하던 몸이 어느 정도 풀리는 것도 같았다.

그 때 왕후는 비로소 새삼스럽게 하나의 의심이 가슴을 파고들었다.

과연 이 사내는 남자로서의 기능이 없는가 하는 것이었다.

그러다가는 한숨을 쉬었다. 그것을 못하니까 내시가 되었겠지 라는 생각이 들자 왕후는 다시 쓸쓸해졌다.

"여보게."

"네."

"그만 되었으니 이제 가려운 곳을 좀 긁어 주게나."

"네?"

"가려운 곳을 좀……"

"네이."

내시 최훈은 얼결에 대답을 했지만 왕후의 어디가 가려운 곳인지를 알 수가 없었다.

왕후 역시 내시가 어디를 긁어도 가려운 증세가 없어질 것 같지 않았다. 왕후는 깊은 밤에 실로 난감하였다. 어찌할 수 없는 고통이 온몸을 휩싸고 스며들었다.

한참이 지난 후에 왕후는 신경질적으로 말했다.

"그만 물러가도록 해라."

왕후는 내시 최훈을 내보내고 결국 한잠도 이루지 못하고 뜬눈으로 밤을 새우고 말았다.

왕후의 바램은 단 한 가지 밖에는 없었다. 건장한 사내가 곁에 있었으면 그뿐이었다. 그러나 왕후 체면에 함부로 그럴 수도 없는 일이었다.

오라버니가 되는 윤원형의 친구나 혹은 졸당 가운데서 미끈한 사내를 물색할까도 생각해 보았다. 그러나 그것도 또한 여의치 않았다. 이제 왕후에겐 한 가지 방법밖에 없었다.

'그래, 사찰로 가자. 산으로 가서 대자대비하신 부처님께 이 마음을 알아 달라고 기도를 드리자. 그리고 그 젊고 기운찬 스님들을 만나면 이 소원의 몇만 분지 일이라도 해소되겠지."

왕후는 불공을 드리러 가기 위해 모든 준비를 갖추었다. 이윽고 어느 날이든지 산과 절간만 지시하면 출발할 수 있도록 차비를 끝내 놓고 있었다.

동해 안의 험준한 태백산맥이 남으로 남으로 뻗어서 절경을 이루고 있었다. 사방으로 병풍같은 암벽이 둘러싸여 있었다. 바위 병풍들이 그림처럼 아름다웠다.

설악산 백담사는 그야말로 선경(仙境)이었다. 설악산은 금강산과는 또 다른 산악미가 있었다. 거기에 고요한 산사, 신라 천년의 이 고찰, 이 고요하고 유서깊은 백담사에는 서벽당이라는 선실(禪室)이 있다.

이 선실 안에 지금 입정(入定)하고 있는 운수납자가 있었다. 키는 후리후하고 우뚝 솟은 콧날은 마치 설악산의 어느 봉우리를 닮은 것 같았다. 그 꽉 다문 입은 마치 가랑잎을 타고 강을 건너던 달마선사를 닮은 듯했다.

수풀처럼 울창한 눈썹과 거울처럼 빛나는 눈…… 마치 돌부처처럼 굳어 있던 그가 기지개를 한 번 하더니 선실에서 밖으로 나왔다.

그의 눈앞에 펼쳐지는 푸르고 푸른 설악의 봉우리들…… 아득한 구름의 바다를 넘어 무수히 흐르고 있는 산의 정기에 그는 흠뻑 취해 있었다.

그는 묵묵히 옆에 서 있는 시자(侍者)를 향해 낮게 중얼거렸다.

"오늘 귀한 손님이 올 것 같구나. 산에 황토를 깔도록 하여라."

"예."

지시가 떨어지자 어린 사동아이가 그의 곁을 물러갔다. 그는 절 한복판에 있는 구연당(九蓮塘) 쪽으로 걸어 갔다. 금붕어들이 꼬리에 꼬리를 쫓으면서 어울리고 있었다.

"짝이 있거니.

반드시 짝이 있어야지.

해가 있으면 달이 있고

달이 있으면 해가 있고

양지가 있으면 그늘이 있듯이

아아, 모두 다 그 짝이 있구나."

스님은 한동안 연못 속을 들여다보며 중얼거렸다.

"음양의 조화라. 불일증휘(佛日增輝)를 위하여."

그는 다른 사람이 무슨 소리를 하는지 알 수 없는 주문과도 같은 소리를 혼자서 중얼거렸다.

"불일증휘. 법륜상전(法輪常轉)을 위하여 이 한 몸을 파계하여도 불보살들이 나를 호위하리라."

그는 또한 알 수도 없는 말을 혼자 중얼거렸다.

"이 꺼지려고 가물거리는 혜명(慧命)을 이어야겠고, 나의 도력도 시험해야겠고……"

그는 이미 확고한 무슨 큰 결정이라도 내린 듯싶었다. 양미간 위에 굳은 결의가 실올처럼 나부끼고 있었다.

그날 아침 공양을 들이던 조실 스님인 보우(普雨)선사는 대중들에게 선포하였다.

"금명간 이 절에 귀하고도 높은 손님이 오실 터인즉 산문에 황토를 깔고 청소를 하여 두시오."

그 말을 들은 여러 중들은 몇 해만에 처음으로 입을 여는 보우당(普雨堂)의 말을 믿지 못하겠다는 듯이 모두 의아한 눈치였다.

그 말을 마친 보우당은 다시 서벽당 안으로 들어가 단정히 가부좌를 튼 다음 면벽을 하고 있을 뿐이었다.

그러나 저녁이 되도록 아무런 소식도 들려 오지 않은 채 산문은 그저 조용할 뿐이었다.

"별일도 없는데."

"공연히 황토를 깔아라, 어째라 성가시게 구는군."

"스님이 실성을 하셨나?"

"글쎄 말야."

"삼년을 묵언행(默言行)을 하시더니 한다는 소리가 고작 그건가."

중들은 모두 입을 열어 조실 스님인 보우당을 욕하였다. 그렇게 하룻밤을 밝혔다.

그 이튿날 아침, 사시쯤 되었을까 산문 밖에 행차 소

리가 요란하게 들렸다.

"……?"

모두 영문을 알 수가 없었다. 그러다가 급기야 귀한 손님이 온다던 어제의 조실 스님의 말을 중얼거렸다.

"보우 스님이 말씀하신 그대로다."

"글쎄 말야, 행열이 장대하구만."

"웬 여인네들이 이리 많아."

"옥교를 타셨네."

"왕후가 아닐까?"

"신심이 깊다던 왕후 말야."

"그런 것 같군."

"아주 불심이 깊으시다던데."

"우리 절에 귀한 왕후께서 오시다니……"

"보우 스님 말씀이 맞긴 맞어."

"삼년 동안 묵언 후에 하신 말씀이니 과연……"

중들은 그렇게 놀라움과 신통함으로 술렁거렸다. 그 때 벽제 소리가 요란하더니 옥교가 산문 안으로 들어섰다. 문정 왕후였다.

중들은 뿔뿔이 옥교 앞에 나아가 합장 배례하였다.

"소승 문안드립니다."

"소승 문안드립니다."

중들은 서로 문안 인사를 하며 왕후의 안부를 물었다. 왕후는 산문 안에 들어서자 크게 놀랐다.

"불시에 찾아왔건만 이렇듯 정결하고 또한 산문에 황토까지 깔았다니. 분명히 나를 기다린 사람이 있었을 것이다. 그렇지 않다면 내가 올 것을 미리 안 사람이 이 산문 안에 있을 것이다. 아무튼 희한한 일이군. 대작불사(大作佛事)를 모실 큰 기운이 분명하다."

왕후는 옥교에서 내리자 황토를 가리키며 옆에 있는 지밀 상궁에게 속삭였다.

"환희심(歡喜心)이 발하는구나."

왕후는 마치 모든 소원이 이 절에서 이루어질 것만 같았다.

이윽고 몸을 정갈하게 한 후 대웅 보전에 참배한 왕후는 주지승을 불렀다.

"내가 이 절을 찾은 이유는 선왕의 명복을 빌러 온 것이오. 이것은 비록 변변치 않으나 제에 올릴 부비니 받아 간수하도록 하시오."

고요하기만 했던 산문이 떠들썩하였다. 드디어 사흘 밤낮 동안 드리는 큰 제가 시작된 것이다.

이틀째 되는 날 밤이었다. 왕후는 설법을 듣기 위해 수십 명의 궁녀와 중들과 함께 큰 법당에 가부좌를 하고 앉아 있었다.

이 때 보우가 붉은 가사에 먹물 장삼을 입고 사자좌에 올라 앉더니 낭랑한 음성으로 게송을 읊기 시작했다.

한 생각 착한 마음이
발생하는 것은
부처님이 마왕의 법당 안에 앉아 있는 것이요
한 생각의 악한 마음이

발생하는 것은
마왕이 불당 안에 들어 앉는 것과 같으니라
선과 악을 둘다 잊어버리면
마와 부처가 어느 곳에 나타나리요

두 눈을 지그시 감고 우렁찬 음성이 보우의 입에서 터져 나왔다. 높은 사자좌 위에서 쏟아져 나오는 그 음성은 법당 전체를 흔드는 것 같았다.

보우는 주장자를 쿵! 쿵! 쿵! 하고 세 번을 치더니 잠시 명상에 잠기는 것 같았다. 설법을 듣는 사람들도 모두 말이 없었다.

왕후는 서서히 고개를 들어 설법하는 보우 선사를 우러러보았다. 순간 왕후의 젊은 가슴은 후끈 달아올랐다.

'웅장한 중이로다. 저 음성, 저 눈빛, 저 팔뚝, 저 웅장함……'

왕후는 자꾸 얼굴이 달아오르면서 이상한 충격이 전신을 휩싸고 도는 것을 어찌할 수가 없었다.

'분명 내가 찾던 스님이다.'

왕후가 그런 생각에 잠겨 있을 때 보우의 게송이 다시 우렁차게 들려 왔다.

몸이 흰 구름으로 더불어
이 환몽의 세계에 왔다가
마음이 밝은 달을 따라
서방을 향하여 흐르는도다

살아오고 죽어가는 것이
또한 구름과 달과 같으니
구름이 스스로 흩어짐이여
달이 스스로 밝아지는도다.

외설 **임꺽정 (2)**   (전5권)

2021년 3월 10일 인쇄
2021년 3월 15일 발행

지은이 ; 마 성 필
펴낸이 ; 김 용 성
펴낸곳 ; **지성문화사**
등 록 ; 제5-14호 (1976.10.21.)
주 소 ; 서울시 동대문구 신설동 117-8 예일빌딩
전 화 ; 02) 2236-0654
팩 스 ; 02) 2236-0655   2236-2952

정 가   w14.000 원